मोम का घरौंदा चिड़िया का

मोम का घरौंदा चिड़िया का

विजय तेंडुलकर

अनुवाद

पद्मजा घोरपड़े

वाणी प्रकाशन

वाणी प्रकाशन
4695, 21-ए, दरियागंज, नयी दिल्ली 110 002

शाखा
अशोक राजपथ, पटना 800 004

फ़ोन: +91 11 23273167 फ़ैक्स: +91 11 23275710

www.vaniprakashan.in
vaniprakashan@gmail.com
sales@vaniprakashan.in

MOM KA GHARONDA CHIDIYA KA
by Vijay Tendulkar
Translated by Padmaja Ghorpade

ISBN : 978-93-5072-307-4
Play

संस्करण : 2013
आवृत्ति 2016

मूल्य : ₹ 125

सिटी प्रेस, दिल्ली-110 095 में मुद्रित

वाणी प्रकाशन का लोगो मक़बूल फ़िदा हुसेन की कूची से

भाई

छोटू

भाऊ

और

दीदी

—मेरे इन भाई—बहनों को—

—विजय

तीसरे संस्करण के बहाने

1959 में लिखा यह नाटक 2005 में जब पढ़ा तब कुछ परिवर्तन करना आवश्यक लगा। उतना भर किया है। ये नये सन्दर्भ परिवर्तित समय के परिप्रेक्ष्य में हैं। मूल नाटक की आत्मा वही है।

—**विजय तेंडुलकर**

निर्देशन

विजया खोटे

नेपथ्य

वसन्त सखटे, अरुण काळडे

भूमिका

गोविन्दा	:	*माधव वाटवे*
कमल	:	*ललिता कामेरकर*
मालिक	:	*विनायक पै*
मुनि	:	*रमाकान्त देशपाण्डे*
चन्दर	:	*पुरुषोत्तम बाक*
मावशी	:	*मनोरमा वागले*
मुनि-2	:	*मनोहर काटदरे*
नाटकवाला	:	*सुरेश कर्णिक*
पुलिस	:	*हडकर*

नाटक का प्रथम मंचन 'रंगमंच', मुम्बई द्वारा 27 दिसम्बर, 1959 को साहित्य संघ मन्दिर, मुम्बई में किया गया!

प्रस्तावना

सुख की तमाम उपलब्ध परिभाषाओं को देखने-परखने के उपरान्त यही सही लगता है कि सुख यानी संवेदना। कभी-कभी उत्स्फूर्त रूप में जिसका अहसास होता है वह! अधिकतर इस संवेदना का जबरन अहसास करा लिया जाता है। इस हेतु लोग अपनी कल्पना को मुक्त कर देते हैं, सुविधाप्रद तर्कशास्त्र गढ़ते हैं, ईश्वर को गुलाम बनाते हैं, इस विश्व की संरचना को अपने मन मुताबिक उलट-पुलट देते हैं, अलौकिक शक्ति को अपनी दुबली, नन्ही-सी कलाई में झूठा ही सही लेकिन ईमानदारी से महसूस करते हैं और बिल्कुल सहजता से अपने तहत ही सही इस संवेदना का स्वाद या इस जैसी संवेदना का स्वाद अस्थायी रूप में क्यों न हो चखते हैं, उपभोग करते हैं और सुखी हो जाते हैं।

तटस्थ, कमाल की क्षमता वाली नज़र भले ही इस सुख में की दीनता, भयावहता, दुर्दशा देखती हो, लेकिन एक ओर इस 'सुख का' अनुभव भी 'सुन्दर' प्रतीत होता है अतः हर एक को इसके प्रति आकर्षण लगता है। एक ओर मनुष्य ऐसे सुख को ऊपरी तौर पर तिरस्कृत करता है, तरस खाता है, लेकिन दूसरी ओर इस सुख के मोह में फँसता भी है। उसके ज़ख्मी, उदास मन को यह मोहनिद्रा आवश्यक प्रतीत होती है।

सच्चे सुख की अकाल भरी आज की परिस्थितियों में मनुष्य को इस नकली सुख या सुख के आभास के प्रति अत्यधिक लगाव होता जा रहा है! किसी नशीले पदार्थ-सा! यदि आज की स्थितियाँ समर्थन पाने योग्य हैं तो यह नकली सुख का नशा भी समर्थनीय है।

इस नाटक की प्रेरणा बनी यही वैचारिक भूमिका। नाटक में शत-प्रतिशत यह विचार उभरे यह आवश्यक न था। नाटक में रोचकता लाने का प्रयत्न था। इस प्रयत्न में जो छूट गया, वह छूट गया। उसके प्रति अफसोस नहीं है! नाटक समझने के लिए यदि कोई चाहे तो यह प्रस्तावना सहायता कर सकती है, इतना ही सोचकर लिखा है।

यह नाटक कई मोड़ों से होता हुआ लिखा गया। मूलतः यह नाटक शरद तलवलकर और प्रभाकर मुजुमदार की नाट्य व्यावसायिकता की आवश्यकताएँ एवं सीमाएँ ध्यान में रखकर लिखा गया है! उन्होंने इसे स्वीकारा भी, लेकिन प्रत्यक्ष इसे प्रस्तुत कर रही है प्रायोगिक संस्था। इस अनपेक्षित और बड़ी सन्धि-स्थितियों में इस नाटक पर उलट-पुलट संस्कार किये गये। आशय सम्बन्धी कमियाँ रह गयीं और मात्र रंजकता भी नहीं आयी। इसका दृश्य परिणाम अभी नहीं, प्रत्यक्ष रंगमंच पर ही देखा जाएगा।

इस नाटक के लेखन में विजया खोटे, अण्णासाहब बेहरे, शरद तलवलकर, प्रभाकर मुजुमदार, माधव वाटवे, वसन्त सखटे आदि की सूचनाओं से काफी सहायता प्राप्त हुई।

–विजय तेंडुलकर

प्रथम अंक

दृश्य एक

[पर्दा ऊपर उठते ही पंडित जी-से भेस में दो मुनि दिखाई देते हैं। ललाट पर भस्म, बगल में चमड़े का थैला, सिर पर पगड़ी। एक मुनि स्टेज के अगले हिस्से में खड़ा है। स्टेज की दायीं ओर एक बेंच है। उसपर मुनि नं 2 बैठा है। तमाकू मल रहा है।]

मुनि-1 : *(प्रेक्षकों से)* सज्जनो! नमस्कार! मैं मुनी याने पौराणिक युग का नहीं अभी का! वर्तमान युग का! पुनः नमस्कार! जगह की कमी और जरूरतमंदों की भीड़ कुछ अधिक! ऐसे शहर में लोगों को जगहें दिलाने का व्यवसाय है मेरा! जगह यानी रहने के लिए जगह। चारदीवारें, एक छप्पर, कम-से-कम एक दरवाजा, हो सके तो एक खिड़की, आठ बाई आठ के कमरे से लेकर तो बस चाहिए जितना बड़ा, अनन्त बड़ा घर! पहले के लोग महल कहते थे। इतिहास कालीन लोग किला कहने लगे। और आज ब्लॉक, रूम, फ्लैट या गाला! चाहे जो कहिए पर इसका अनादि-अनन्त नाम है—घर! पुरानी कहानियों में इसका वर्णन आता है—चिड़िया का मोम का घरौंदा...!

(बगल में बैठा मुनि नं 2 तमाकू मुँह में ठूँसता है।)

और कोए का घर हुआ करता था गोबर का।

मुनि-2 : गोबर का किस्सा बहुत हो चुका। अब असली बात पर आ जाओ।

मुनि-1 : (*ध्यान न देते हुए*) मनुष्य के लिए आवश्यक चीज़ें—तीन—हवा, खाना, पानी। इसके बाद की मौलिक ज़रूरत है घर! मैं अपनी क्षमता भर प्रयास करता रहता हूँ। सुबह उठने से लेकर रात में सोने तक...

मुनि-2 : (*तमाकू चूसते हुए*) और नींद में भी...

मुनि-1 : इस एक ही काम के पीछे मैं मन से, निःस्वार्थ रूप से लगा रहता हूँ।

कभी टालमटोल नहीं करता। ज़रूरतमन्दों को धोखा नहीं देता कभी। इसकी साक्षी वह तमाम पब्लिक है जिन्हें मैंने जगह दी है।

मुनि-2 : सभी लोग?

मुनि-1 : हमारा ध्येय ही है—मेहनत और ईमानदारी!

मुनि-2 : (*गर्दन हिलाकर*) हं! (*थूककर*) मेहनत!

मुनि-1 : मेरा कमीशन न के बराबर! ज़रूरतमन्दों की हैसियत के और ज़रूरत के अनुसार...

मुनि-2 : हाँ-हाँ—ज़रूरत के हिसाब से...(*व्यंग्य*)

मुनि-1 : वह मैं तय करता हूँ।

मुनि-2 : और लेता भी हूँ! बिल्कुल तत्परता से!

मुनि-1 : एक तरह से आप मान सकते हैं कि यह मेरा मिशन है मिशन!

मुनि-2 : (*प्रेक्षकों से*) कमीशन! आप इस बात को गम्भीरता से मत लेना! यह! शादी तो हुई नहीं है इसकी! अकेली जान! मन रमाने का प्रयत्न करता रहता है बस!

मुनि-1 : लेकिन दुनिया अति विशाल है और मुनि एक अकेला!

मुनि-2 : (*प्रेक्षकों से आँख के इशारे से*) मुनि दो हैं! एक व्यवहारी जीव और दूसरा अव्यावहारिक पूँछ! (*अपनी ओर इशारा*) एक पैसों के पीछे भागनेवाला और दूसरा पैसे के बगैर नशे का मारा! एक सुख का कायल तो दूसरा वेदना में रत! एक अति सयाना और दूसरा निकम्मा बैल! संक्षेप में, एक है इसलिए दूसरा है और दोनों मिलकर एक ही है। मुनि दी हाउस एजेंट।

मुनि-1 : मनुष्यों के लिए घर! (*संशोधन करता है*) नहीं, नहीं। घरों के लिए मनुष्य! दर-दर भटकने वाले मनुष्य! भोजन पानी-हवा इनका भी आजकल बड़े पैमाने पर शॉर्टेज है! साफ दिखता है।

मुनि-2 : अखबार पढ़ने पर साफ़ ज़ाहिर होता है।

मुनि-1 : लेकिन इसमें गलत क्या है?

मुनि-2 : हाँ! गलत क्या है?

मुनि-1 : (*संकोच में, प्रेक्षकों से*) यानी बड़ा सवाल यह है कि मनुष्य किसलिए जी रहा होता है? किस आधार पर?

मुनि-2 : प्रश्न इतना बड़ा है कि इससे जीना आसान है।

मुनि-1 : जीना आसान! (*मुनि-2 को चुप कराकर प्रेक्षकों से*) मनुष्य की बुनियादी ज़रूरतों के बारे में पुनः एक बार सोचने से शायद...

मुनि-2 : आप भी बीवी-बच्चों, बहू-बेटियों के साथ उपस्थित रहकर इस कार्यक्रम की शोभा बढ़ाएँ...

मुनि-1 : (*मुनि-2 से*) चुप बैठने का क्या लेंगे? (*लम्बी साँस लेकर प्रेक्षकों से*) हाँ तो, मनुष्य की बुनियादी आवश्यकताओं पर पुनः नये सिरे से विचार करें तो शायद (*याद कर*) स्वतन्त्रता–

मुनि-2 : देश की।

मुनि-1 : शान्ति।

मुनि-2 : मृत आत्माओं को।

मुनि-1 : प्रगति।

मुनि-2 : किताबों में।

मुनि-1 : चाहें तो उद्योग, उत्साह, उन्नति।

मुनि-2 : हाँ! (*चुप हो जाता है।*)

मुनि-1 : (*बेचैन*) किसी को कुछ कहना है तो कह लीजिए! (*मुनि-2 चुप।*) मात्र ताने देने से विचारों की हत्या नहीं की जा सकती!

मुनि-2 : 'बग सॉफ' इस्तेमाल करो! एक पल में कीड़े-मकोड़ों का खात्मा। वरना पैसे वापस। छोटा पैकिंग आठ आना। बड़ा पैकिंग–

मुनि-1 : (*जल्दी में प्रेक्षकों से*) हाँ, तो! मनुष्य की बुनियादी ज़रूरतें परिवर्तित हो गयी हैं! अब वे शारीरिक स्तर की न रहते हुए अधिकतर आत्मिक, आध्यात्मिक आदि-आदि होने लगी हैं। अतः (*खुद ही तालियाँ बजाता है!*) हिअर! हिअर!

मुनि-2 : हिअर! हिअर!

मुनि-1 : फिलहाल मेरे पास एक जगह है!

मुनि-2 : (*प्रेक्षकों से*) इसे हिअर...

(भीतर से दो युवक एक युवती दौड़ती आती है)

तीनों : क्या जगह है? कहाँ?

मुनि-2 : 'दाने देखकर जैसे चिड़ियाँ आती हैं वैसी जगह' शब्द उच्चारने की देरी! जरूरतमन्द पंछी इकट्ठा हुए ही समझो!

मुनि-1 : (*खुश होकर प्रेक्षकों से*) हाँ तो सज्जन हो, बस! इतना काम करने की तनिक सहूलियत दीजिए! बस! फिर हाज़िर हो जाता हूँ आपकी सेवा में।

मुनि-2 : अनुमति दी! लेकिन बय्यम जी, याद रखना! इनकी मजबूरी का फायदा

उठाकर यदि इन भोले-भाले बच्चों पर कुल्हाड़ी चलाई तो फिर यह सारा मामला मुझे देखना होगा! (*जाता है।*)

मुनि : आहिस्ता! (*निहारकर*) क्या चाहिए?

तीनों : (*झट से सजीव होकर*) हमें जगह चाहिए।

तीनों : जगह—

मुनि : जगह? कैसी जगह?

तीनों : रहने के लिए।

मुनि : एक ही जगह है!

तीनों : चलेगा, चलेगा!

मुनि : चलेगा क्या? एक ही जगह तीनों में बाँटने के लिए वह क्या पत्ते का दाँव है? या गणित में की मज़दूरी?

तरुण-1 : हमको कुछ नहीं सुनना! हमको जगह चाहिए!

मुनि : आप कौन?

तरुण-1 : मैं? वीर बभ्रुवाहन...

मुनि : बभ्रुवाहन? यानी अर्जुन का...

तरुण-1 : अर्जुन का नहीं। मैं शौकिया नाटक मंडल का सेक्रेटरी—वीर बभ्रुवाहन!

मुनि : ओ! नाटकवाले! रात थिएटर में बितानेवाले और दिन किसी अड्डे पर अपनी प्रशंसा या दूसरों की निन्दा करने में बितानेवाले आप! आपको जगह किसलिए चाहिए?

तरुण-1 : (*जँभाई लेते हुए*) प्रैक्टिस के लिए! हाँ! प्रैक्टिस के लिए जगह ढूँढ़ रहा हूँ! जो थी वह कल गयी! हमारे जाने पर मालिक ताला लगाएगा इसकी भनक पड़ी थी कानों में! इसलिए हम अन्दर ही बैठकर रिहर्सल कर रहे थे। मालिक ने बाहर से ताला लगा दिया।

मुनि : वाह वाह! जगह तो है आपके पास! ताले के साथ! (*हँसता है।*)

तरुण-1 : ऐसा भद्दा मज़ाक मत कीजिए। रंगभूमि किसी की गुलाम नहीं हो सकती! उसकी उज्ज्वल परम्परा है। हम खिड़की के शटर्स में से बाहर निकल गये!

मुनि : (*हँसते हुए*) देखिए मिस्टर बभ्रुवाहन! माना कि रंगभूमि का भविष्य उज्ज्वल है लेकिन।

तरुण-1 : वीर बभ्रुवाहन कहिए! और यह मेरा नाम नहीं है। मेरा नाम है निर्मिति बालकृष्ण प्रभु!

मुनि : निर्मिति? यह तो औरत का नाम लगता है!

तरुण-1 : होशियार हैं आप! निर्मिति नाम नहीं है। निर्मिति यानी प्रोडक्शन! सिर्फ नाम पूछिए तो बालकृष्ण प्रभु!

मुनि : मिस्टर बालकृष्ण प्रभु! यह जगह आपके लिए नहीं है।

तरुण-1 : वह क्यों? सीधे कहिए न देनी नहीं है!

मुनि : ऐसी बात नहीं है! छोटी ज़गह है। प्रैक्टिस के लिए बड़ी जगह चाहिए न!

तरुण-1 : चलेगी! आपको पता नहीं। जो जगह गयी उसमें हम मन-ही-मन प्रैक्टिस करते थे। नाइट स्कूल की जगह थी! पहली ही शर्त थी—स्कूल को डिस्टर्ब नहीं करना...!

मुनि : फिर भी! वह जगह नहीं चलेगी। उसमें पहले से ही एक आदमी रहता है।

तरुण-1 : उसे हटा दीजिए!

मुनि : लेकिन वही उस जगह का मालिक है!

तरुण-1 : होगा! अदालत में 'तय होने तक' 'एक्का का छक्का' नाटक की दो तिहाई रिहर्सल पूरी होगी!

मुनि : एक्का का छक्का?

तरुण-1 : हाँ! शेख मुहम्मद का स्वप्न है! मॉडर्न प्ले!

मुनि : और बाद में?

तरुण-1 : वह बाद की बात। नाटक के लगातार दो प्रयोग हो गये तो हम बाद में पूरे नाटक की रिहर्सल करते हैं। वरना दो तिहाई पर ही निभाते हैं। हम प्रयोगशील हैं!

मुनि : प्रभु जी! आपका नाटक होगा लेकिन एजेंट के नाते मुझे सोचना चाहिए! आप उसी पुरानी जगह पर जाइए। शटर्स में से भीतर! यह जगह नहीं मिल सकती!

तरुण-1 : यह मैंने तभी जाना था! आप जनता को मात्र धोखा देते रहिए! (*झूमते हुए जाता है!*)

मुनि : (*बाकी बचे दो को उद्देश्य कर*) अब आप में से किसे ज्यादा ज़रूरत है?

दोनों : मुझे।

मुनि : 'ज्यादा' का मतलब एक ने ही माँग करनी चाहिए। खैर! दूसरा प्रश्न—किसे ज्यादा से ज्यादा चाहिए?

दोनों : मुझे।

मुनि : मैंने प्रश्न थोड़े ही पूछा था? मैं अपने आपसे पूछ रहा था! जगह दोनों में से एक को मिलेगी! (*दोनों दुखी होकर एक-दूसरे को देखते हैं!*) मिस्टर आपकी तारीफ?

गोविन्दा : मैं? मैं गोमकाळे?

गोविन्दा : हाँ!

मुनि : यानी गो.म.काळे?

गोविन्दा : नहीं! गो.म.गोमकाळे है मेरा नाम! यानी गोविन्द मल्हार गोमकाळे!

मुनि : समझ गया! अब यह बताइए कि आपके मन में स्त्री के प्रति आदर भाव कितना है?

गोविन्दा : जगह है तो ढेर सारी! मैंने अनुभव से सीखा है–बिना जगह वाले आदमी का कोई नहीं होता! स्त्री दाक्षिण्य भी नहीं।

मुनि : और आप मिस...?

कमल : मुस्कुराकर... उई माँ...?

मुनि : क्या हुआ?

कमल : मैं मिसेज हूँ!

मुनि : चलेगा! क्यों आप मानती हैं न कि स्त्री पुरुष के मार्ग की बाधा है?

कमल : अजी जगह की कमी सभी के मार्ग की बाधा है! प्राइवेट लाइफ नाम की कोई चीज़ ही नहीं रही!

मुनि : बस हुआ! हं आपकी अड़चन क्या है काळे जी?

गोविन्दा : मेरी अड़चन उनकी अड़चन एक ही है!

मुनि : (*सोचते हुए*) फिर भी जगह आपमें से एक ही को मिलेगी! (*दोनों दीन होते हैं।*)

कमल : (*विनती करते हुए*) ऐसा मत कीजिए...

मुनि : क्यों न करूँ? फिर क्या करूँ?

गोविन्दा : जगह हम दोनों को दीजिए क्योंकि हम...

कमल : हम पति-पत्नी हैं।

गोविन्दा : (*उसके गले का मंगलसूत्र दिखाते हुए*) लॉफुली वेडेड हजबेंड एंड वाइफ!

मुनि : (*समझकर*) हाँ तो आप युगल हैं!

गोविन्दा : हाँ-हाँ! नहीं-नहीं...

मुनि : तो फिर?

गोविन्दा : कुछ नहीं! सिर्फ शादी हुई है हमारी।

मुनि : सिर्फ शादी?

गोविन्दा : कहा न! सिर्फ शादी युगल बिगुल कुछ नहीं! (*गला भर आता है।*) कुछ नहीं।

मुनि : (*आश्चर्य से*) क्या कह रहे हैं?

कमल : (*आँखें पोंछकर*) हाँ! यही बात है!

गोविन्दा : (*भर्रायी आवाज़ में*) जगह नहीं थी इसलिए शादी तय होकर भी हमने की नहीं थी!

मुनि : और फिर जगह न होते हुए भी क्यों की?

कमल : (*नीची गर्दन*) जगह मिलेगी इसलिए! (*मुनि आश्चर्य में*) कितने दिन रुकते? यह घायल बनते जा रहा था...

गोविन्दा : मैं... मैं? यानी यह... यही...

कमल : मैं? तुम ही तो उतावले हो रहे थे...

मुनि : इनफ! तो जगह की खातिर आपने यह सब किया! फिर आप करते क्या हैं? यानी कहाँ रहते हैं?

कमल : ये इनके चचेरे भाई के कमरे की बाल्कनी में रहते हैं! बोल्ट फ्रॉम दि बभ्रू इलेक्ट्रिकल अप्लायन्सेस कम्पनी में काम करता है इनका चचेरा भाई।

गोविन्दा : और ये अपनी सहेली के किचन में! छह बच्चे हैं! इनके नहीं, इनकी सहेली के! वह सब रहने दो। यह जगह हमें मिलनी ही चाहिए! मिस्टर मुनि, आप यदि न देंगे तो (*दबी आवाज़*) कुछ भी नहीं कर पाएँगे हम! लेकिन आपको इस स्थिति से भी डर लगना चाहिए। कल्पना कीजिए—हजारों स्त्री-पुरुष कुछ भी नहीं करेंगे तो क्या होगा?

मुनि : कुछ नहीं होगा! (*समझकर*) यानी कुछ नहीं होगा! हाँ, है तो चिन्ता की बात! हाँ, तो सज्जनो, अब जगह के बारे में! नो पगड़ी, नो डिपोज़िट! (*दोनों तालियाँ बजाते हैं!*)

मुनि : ध्यान से सुनिए! बाद में झंझट नहीं चाहिए! दो रूम के ब्लॉक में का एक कमरा है! जगह का मालिक इन दिनों यहीं रहता है! अकेला! और रहेगा भी! उसकी ओनरशिप की जगह है! उसे किराएदार की ज़रूरत है।

दोनों : समझे।

मुनि : कुछ शर्तें हैं।

कमल : हाँ, मंजूर हैं।

गोविन्दा : हमें मंज़ूर हैं!

कमल : एकदम मंजूर।

मुनि : जानने के पहले ही?

गोविन्दा : जानकर करेंगे क्या? जगह नापसन्दी का खतरा जो होगा!

कमल : इससे तो अच्छा है कि जगह पर काबू पाकर फिर शर्तें ठुकराना बेहतर होगा।

मुनि : यानी मुझ बिचौलिए को संकट में डालोगे आप! है न? नहीं! शर्तों का पालन करना होगा।

गोविन्दा : हाँ निभाएँगे! लेकिन अभी मत बताना! जगह मिलने पर बताइए। बिल्कुल साँसें लेने के लिए मना करेंगे तब भी मान जाएँगे।

कमल : और क्या! लेकिन क्यों मुनि जी, वहाँ मेकअप करने की छूट है न? मैं तो स्लीवलेस ब्लाउज पहनती हूँ! चलेगा न? और मेरे हाई हिल सैंडल्स? चाहे तो एक बार भी गिरूँगी नहीं!

मुनि : ऐसी पागल शर्तें नहीं हैं।

दोनों : फिर तो कोई बात ही नहीं।

गोविन्दा : चलिए (*घसीटता है।*) अब देर मत कीजिए!

कमल : चलिए *(सैंडल्स के कारण फिसलती है। गोविन्दा उसे उठाता है।)*

मुनि : देखिए मिस्टर गोमकाळे या गो.म.काळे...किसी अनुभवी कुमारिका कन्या को घसीटकर शादी के मंडप में ले जाने जैसा क्यों कर रहे हैं?

गोविन्दा : और करता भी क्या! इसके साथ भी यही किया! वरना ये थोड़ी न शादी करती मुझसे? बिना घर के मेरे साथ?

कमल : हाँ मैं तो पूरी फँस गयी हूँ! (*रुआँसी*)

गोविन्दा : इतने में ही हार गयी? अरी चल! ओ मि. मुनि चलिए! इसे पछतावा होने के पहले ही जगह दीजिए! वरना मेरी खैर नहीं! मैं प्यार करता हूँ इससे!

कमल : (*रुआँसी*) और मैं नहीं करती प्यार आपसे? पता भी है किस नरक में रह रही हूँ?

गोविन्दा : क्या मैं नहीं समझता? मैं भी तो अकेला रहता हूँ। और वह मेरा चचेरा भाई ऐसे मवाली अंग्रेजी सिनेमा देख आता है कि बस। रातभर किस्से सुनाता रहता है! कुछ बड़बड़ाता है नींद में...

कमल : मैंने थोड़े ही मना किया था आपको न देखने के लिए? मैं भी चलूँगी!

गोविन्दा : तुम? फिर तो हो गया! मन ठिकाने पर रहेगा क्या? सिर्फ सुनकर ये हाल! तब तो संयम बड़ी कठिन चीज़ होती है! (*दोनों व्याकुल! मुनि जेब से रूमाल निकालकर नाक साफ करता है!*)

मुनि : वाकई? संयम बड़ा मुश्किल! हाँ तो सज्जनो। आपका हुआ हो तो शर्तें सुनो!

गोविन्दा : क्यों यूँ ही बता रहे हैं?

मुनि : (*डाँटकर*) सुनो यानी सुनो! बाद में घपला नहीं मँगता! वैसे अब घपले से छुटकारा नहीं, यह मैं भी जानता हूँ।

कमल : हाँ कहिए...

गोविन्दा : ठीक है—बताइए!

मुनि : शर्तें (*जेबें तलाशता है!*) देखिए आपकी बकबक में भूल गया! कागज़ात नहीं मिल रहे हैं! अब तक जबानी याद थीं शर्तें! वह भी भूल चुका हूँ! उफ़! कैसे-कैसे लोगों से पाला पड़ता है! हाँ, तो प्रधान शर्त यह है—(*दोनों आपस में लीन*)। (*चीखकर*) सुन रहे हैं—न? (*दोनों चौंककर*) हाँ हाँ। कहिए! वहाँ रहनेवालों को चाहिए कि वे कभी खुश न रहें! हमेशा झगड़ें! दुखी रहें! रोते रहें! चेहरे ऐसे रखें कि मानो दुनिया अगले पल डूबनेवाली है। अन्त। दुनिया का अंत! निराश दिखना पड़ेगा हरदम! क्यों मिस्टर गोमकाळे?

गोविन्दा : हाँ हाँ। क्यों नहीं? दुनिया के अन्तिम दिन-सा।

कमल : हाँ, मुझे लगता है ऐसे ही रह लेंगे हम!

गोविन्दा : हाँ मैं भी...

कमल : देखो मैं रहकर बताती हूँ! (*सिनेमा का पोज लेती है।*)

गोविन्दा : (*निहारता है*) वाह! तुम? कभी-कभी तुम एकदम... दिखती हो—

कमल : हट चल!

गोविन्दा : तेरी कसम!

मुनि : जगह का क्या हुआ?

दोनों : क्या हुआ?

गोविन्दा : हमें जगह चाहिए! और आप दे रहे हैं। चलिए?

कमल : शर्तें मंजूर।

मुनि : ठीक है। चलिए, मालिक से मिलवाता हूँ! चलिए।

गोविन्दा : (*रोककर*) और मुनिजी, आपका कमीशन?

मुनि : पहले नहीं। सौदा हो जाने दो। फिर न भूलते हुए कमीशन लूँगा। मेरा धन्धा ही है यह! मैं कैसे भूलूँगा? चलिए!
(जाते हैं!)

दृश्य दो

[अँधेरा। जब प्रकाश फैलता है तब फर्नीचर-सामान से युक्त ड्राइंगरूम! पहले दृश्य का बेंच भी है। ड्राइंगरूम में आने के लिए एक दरवाज़ा। दूसरा दरवाज़ा भीतर जाने के लिए! एक पिंजड़े में उल्लू है। चिन्ताग्रस्त चेहरों के कई पेंटिंग्ज दीवार पर। दाँत, जिह्वा दिखाता बाघ का सिर। उदास-विरक्ति युक्त सुभाषित दीवारों पर चिपकाये हैं। पुराने सोफे पर मालिक समाचार पत्र में मुँह छिपाए बैठा है। बेल बजती है। समाचार पत्र हटाया है। मालिक का भयावह चेहरा दिखता है। गंजा सर!]

मालिक : आइए। दरवाज़ा खुला है। (*मुनि भीतर आता है।*) कौन आप? मृत्यु?

मुनि : (*हड़बड़ाकर*) मैं? मैं नहीं...मैं...

मालिक : चोर? लुटेरे? रिश्तेदार? मित्र? मांत्रिक? साहित्यकार? आप कौन?

मुनि : मैं (*जेब में कार्ड ढूँढ़ने की चेष्टा करता है।*) मैं मुनि...नारायणराव दी मुनि! ज़रूरतमन्दों को जगह दिलानेवाला एजेंट। कार्ड दिया होता पर मिल नहीं रहा है। शेक हैंड! (*मालिक वैसा ही बैठा हुआ*) आप ही मालिक हैं न?

मालिक : हाँ इस ब्लॉक का! बदनसीबी का!

मुनि : (*खुश होकर*) मुझे लगा ही था...

मालिक : क्या?

मुनि : नहीं। वर्णन सुना था! आपके बारे में...

मालिक : क्या सुना था?

मुनि : यही कि आप बदनसीबी हैं यहाँ के नहीं, यानी मालिक हैं इस ब्लॉक के! यह जगह किराये पर देनी है न?

मालिक : जगह? कोई मुझे खरीदेगा क्या?

मुनि : आपको? खरीदना? उसका यह है कि वह मेरा धन्धा नहीं है। मैं तो सिर्फ जगह की दलाली करता हूँ।

मालिक : हाँ (*उसाँस छोड़*) जीवित आदमियों से अधिक कीमती बन गयी हैं ये ईंट-सीमेंट से घिरी कुछ फीट की जगहें। यह दुनिया ही पत्थर दिल की हो गयी है। पत्थर दिल की!

मुनि : हाँ, लेकिन मैं इसमें कुछ नहीं कर सकता! कौन-सी जगह, यानी कमरा किराये पर देना है?

मालिक : चालीस करोड़, इकहत्तर लाख पचपन हजार चार सौ बावन चौरस मील!

मुनि : (*टेप थैली में रखते हुए*) जगह छोटी लग रही है।

मालिक : है न? लगती है छोटी लेकिन इतनी बड़ी है कि पागल बन नंगे बदन दौड़ना शुरू करो तो अपने साथ पागलपन खत्म होगा यानी मर जाएगा लेकिन जगह खत्म नहीं होगी! फिर क्या?

मुनि : क्या? कुछ नहीं! मेरे क्लायंट को इतनी बड़ी जगह नहीं चाहिए थी! बस एक कमरा चाहिए था! डेढ़ सौ चौरस फीट काफी था, लेकिन आप तो चालीस करोड़ की बात कर रहे हैं...

मालिक : इकहत्तर लाख...

मुनि : पचपन हजार चार सौ (*उठते हुए*) अच्छा, चलता हूँ।

मालिक : रुकिए। इस कमरे के बारे में पूछ रहे हैं न?

मुनि : हाँ।

मालिक : मैं पृथ्वी के बारे में कह रहा था–

मुनि : हाँ क्या? मुझे लगा ही था कि कुछ गड़बड़ है–

मालिक : हाँ। है मेरे पास यह जगह! इतनी-सी! बस! और कुछ नहीं। सारा खेल खत्म।

मुनि : (*उदासी से*) खेल का रहने दो! फिलहाल हम जगह की बात करें? मेरे पास समय कम है! बिजनेस का मामला है!

मालिक : (*निराशा से*) मेरा कोई बिजनेस नहीं है! सब खाली है। मन खाली! भेजा खाली! दिल खाली! रात-दिन भूतों का नंगा नाच चलता है। शैतानों का नाच!

मुनि : (*निराश*) मैं सिर्फ खाली जगह के लिए आया था! आपको अभी समय नहीं तो फिर कभी आऊँगा।

मालिक : बैठिए! बैठिए! यह कमरा! किराया बारह रुपया! पगड़ी नहीं! डिपॉजिट

नहीं! किराया देने में देर होगी तो कोई बात नहीं! लेकिन सारी शर्तें माननी होंगी!

(दरवाज़े की बेल बजने लगती है, लगातार)

कौन है? (*चीखकर*)

मुनि : मुझे लगता है (*कान में उँगलियाँ डाल*) हाँ, हाँ आया! अभी आया!

मालिक : कहाँ चले? कौन है बाहर?

मुनि : हाँ हाँ आता हूँ। (*बाहर दौड़ता है।*) (*घंटी की आवाज़ रुकती है। कुछ देर बाद मुनि आता है*) हाँ, अब बोलिए।

मालिक : हाँ, मैं कह रहा था कि वेदनाओं की चुभन से मेरी स्मरणशक्ति पूरी खत्म हो गयी है।

मुनि : (*जल्दी से*) हाँ—अपना वह...किराया...एडवांस...

मालिक : एडवांस ना भी दिया तो चलेगा। होता है। मुसीबतें... लेकिन...

मुनि : (*दरवाज़े की ओर पागल-सा देखता है।*) बस एक ही बात... वह...

मालिक : शर्तें माननी होंगी!

मुनि : हाँ हाँ! मैंने अपने क्लायंट को समझाया है। शर्तें...

मालिक : आर्थिक लाभ से अधिक मुझे साथ चाहिए। सोहबत! वरना एक कमरे के किराये से मेरा वैसे क्या बननेवाला है? मुझे लोग चाहिए...

मुनि : इसमें गैर कुछ भी तो नहीं है।

मालिक : फिर भी मुझे लोगों में रहना नहीं है!

मुनि : (*न समझकर*) क्या कहा आपने?

मालिक : मुझे लोग चाहिए, लेकिन लोगों में रहना नहीं है मुझे!

मुनि : प्रकरण मुश्किल लगता है।

मालिक : इसमें मुश्किल क्या है? मुझे अपने आस-पास लोग चाहिए। अकेलापन बर्दाश्त नहीं होता! जी घबराता है! इसलिए मुझे लोगों के बीच रहना है, लेकिन वे लोग पराये होने चाहिए। अपरिचित! उनके प्रति ना अपनापन लगना चाहिए और न ही ईर्ष्या!

मुनि : यानी किसी के मन में एक-दूसरे के प्रति कोई भाव न रहे! यह कैसे सम्भव है?

मालिक : मेरी शर्तें?

मुनि : यानी यहाँ रहनेवालों को चाहिए कि वे हमेशा दुखी रहें। रोते रहें। चिन्ता मग्न रहें! झगड़ते रहें!

मालिक : हाँ, लेकिन जोर से नहीं। धीमी आवाज़ में! (*फिर घंटी बजने लगती है।*) कौन है उधर?

मुनि : (*खड़ा रहकर*) ये अपने क्लायंट...किरायेदार, मैं अपने साथ लाया हूँ। गरीब हैं। युवा हैं। शादी-शुदा हैं। बाहर खड़ा किया है उन्हें। लाऊँ? **(घंटी बजती ही है। मालिक कान में उँगलियाँ डाले हुए। मुनि बाहर जाता है और नर्वस होकर आता है।)**

मालिक : कहाँ हैं वे?

मुनि : (*चौंककर*) कौन? हाँ हाँ! आ रहे हैं (*स्वयं से*) क्या कहें इन नव परिणत लोगों को! खड़े-खड़े ही एक-एक सूझता है। (*शान्त होने के प्रयास में*) हे ईश्वर!

मालिक : कहाँ हैं वे?

मुनि : (*डरकर*) आ रहे हैं। बस आते ही होंगे। मैं कहकर आया हूँ जल्दी आने के लिए! (*पसीना पोंछता है। गोविन्दा-कमल आते हैं। बार-बार होंठ पोंछ रहे हैं।*) यह देखिए आ गये! (*उनके आते ही मालिक के गले से खरख़र आवाज़! वेदना भरी! दोनों डर के मारे गिरते-गिरते सँभलते हैं!*)

मालिक : (*कमल को घूरते हुए*) बैठिए! (*वह धम से गोविन्दा की कुर्सी के हाथ पर बैठती है!*) नाम क्या आपका?

दोनों : मेरा?

गोविन्दा : मेरा नाम है गोविन्दा मल्हार गोमकाळे गो.म.काळे और इनका...

मालिक : उन्हें बताने दीजिए...

कमल : (*लजाकर*) हम अलग थोड़े ही हैं?

मालिक : नाम बताइए—

कमल : बता रही हूँ। कमा उकिडवे! अब श्रीमती कमा गो. गोमकाके। चार महीनों पहले शादी हुई हमारी।

गोविन्दा : वाह! शादी में क्या मज़ा आया!

कमल : हाँ! आता नहीं तो क्या! (*लजाती है।*) मवाली कहीं के...

मालिक : (*नापसन्दगी से*) मिस्टर मुनि...

मुनि : अं? हाँ! देखिए मिस्टर एंड मिसेस काळे

दोनों : गोमकाळे...

गोविन्दा : क्या कहा?

मुनि : मैंने पहले ही शर्त बता दी है। उसका पालन अभी से करना होगा... यदि जगह चाहिए तो...

कमल : कंडिशन?

गोविन्दा : कौन-सी शर्त?

कमल : मैंने नहीं सुना! आपने कुछ सुना?

गोविन्दा : मैंने भी नहीं सुना...

मालिक : मिस्टर मुनि आपने तो कहा था कि...

मुनि : हाँ हाँ! मैंने बिल्कुल बता दिया था! लेकिन लगता है सयानेपन की बात राजनीति में और प्यार में पल्ले नहीं पड़ती! मिस्टर काळे...

दोनों : गोमकाळे...

मुनि : वही! मैंने रास्ते में कहा नहीं था?

गोविन्दा : क्या ऽऽ?

मुनि : यहाँ आपको हमेशा दुखी रहना होगा। चिन्ताग्रस्त—मानो दुनिया का अन्त आ गया हो...

कमल : (*ताली बजाते हुए*) हाँ हाँ, कहा था। अजी आप मुझे वह नॉनवेज जोक बता रहे थे तब इन्होंने कहा था...

गोविन्दा : (*खुश होकर*) हाँ हाँ याद आया—झगड़ना होगा, रोना होगा...राइट?

कमल : अजी आप इतने भुलक्कड़ कैसे?

गोविन्दा : और तुम नहीं हो भुलक्कड़?

कमल : मैं आप ही की बीवी हूँ।

गोविन्दा : और मैं तुम्हारा पति! (*दोनों एक-दूसरे को चिढ़ाते हैं और दोनों बुड्ढे परेशान हैं।*)

मुनि : सायलेन्स! यहाँ हँसी-मज़ाक मना है। कम-से-कम औरत और आदमी के बीच! क्यों मालिक? सही है न?

मालिक : (*गुस्सा पीकर*) दरअसल जवान औरत को यहाँ आने पर ही मनाही करनी थी!

मुनि : यह पहले बताया होता तो वैसा ही क्लायंट देखा होता! मालिक की मर्ज़ी से ही चलते हैं हम, वही ठीक रहता है। और वैसे भी औरत के आने से घोटाला होता ही है। परम्परागत अनुभव है यह। सुजान लोगों का! इसीलिए मि. काळे...

कमल : (*जल्दी में*) मिली जगह? अब हम चलें? थैंक्यू! थैंक्यू!

मालिक : मुनि (*कमल की ओर इशारा कर*)

मुनि : (*गोविन्दा से*) इन्हें तनिक बाहर जाने के लिए...।

कमल : (*व्याकुल होकर*) गोविन्दा ऽ (*उससे चिपकती है।*)

गोविन्दा : (*पोज लेकर वीरता से*) नहीं मुनि जी। यह नहीं होगा। कभी नहीं। जहाँ मैं वहाँ यह और जहाँ यह वहाँ मैं!

(मालिक का चेहरा तमतमाया हुआ)

मुनि : मालिक, आप इधर ध्यान मत दीजिए। मैं देखता हूँ। यानी करता हूँ। (*गोविन्दा से*) देखो आपको जगह चाहिए न?

गोविन्दा : बिल्कुल चाहिए।

मुनि : तो इन्हें जरा बाहर जाने के लिए नहीं कहेंगे तो जगह जरा भी नहीं मिलेगी!

कमल : उई माँ...

मुनि : (*गुस्से में*) मेरी बात मानिए। पाँच मिनट के लिए इन्हें बाहर खड़ा कीजिए। फिर जनम भर साथ रहनेवाले हैं ही। और यह जगह भी...

गोविन्दा : (*जान पर आया है लेकिन*) ठीक है—कमा...

कमल : (*कोमल स्वर में*) गोविन्दा क्या है जी?

गोविन्दा : कमू...

कमल : जी मोरे राजा...

गोविन्दा : कमू... मेरी कमू...

मालिक : (*चीखकर*) मिस्टर मुनि...

मुनि : हाँ मैं नज़र रखे हूँ! मिस्टर गोमकाळे इन्हें झट् से जाने के लिए कहेंगे या...

कमल : मैं? और बाहर? (*गोविन्दा से चिपकती है*)

मुनि : (*मालिक को सँभालते हुए*) मालिक थोड़ी ढील दीजिए। अभी-अभी शादी हुई है। जगह नहीं है इसलिए अलग-अलग रहते हैं। जरा इन्सानियत के नाते सोचना ज़रूरी है।

मालिक : (*क्रोध में*) इन्सानियत?

मुनि : रहने दीजिए। मैंने आज की दुनिया के फैशन के बारे में बस कह दिया आपको!

मालिक : मेरा क्या सम्बन्ध दुनिया की फैशन से? मैं किसी का क्या लगता हूँ? मेरी यह जगह...

मुनि : हो गया? नहीं कहा?

दोनों : नहींऽऽ

गोविन्दा : (*मालिक से*) नहीं कहा आपने? यानी हमें यह जगह नहीं मिलेगी?

कमल : (*मुनि से*) कितनी आशा से आये थे हम यहाँ? सोचा था कि जगह मिल ही गयी।

मुनि : मैंने गारंटी थोड़ी दी थी?

कमल : आपने कहा था न कि जगह दे दूँगा!

मुनि : यानी इसका मतलब यह नहीं कि मिल ही जाएगी।

गोविन्दा : खाली जगह किसी को तो देनी है न।

कमल : हमें निहायत ज़रूरी थी...

गोविन्दा : आप हमें यहाँ ले आये...

कमल : आप हमें अच्छे लगे...

गोविन्दा : लगा कि जगह मिलेगी ही...

कमल : मैंने इन्हें सामान की फेहरिस्त भी बनाकर दी।

गोविन्दा : सब खरीदकर यहाँ लाने मैं निकला भी था।

कमल : बाय कर रहे थे...

गोविन्दा : हाँ।

कमल : (*लजाकर*) अजी।

गोविन्दा : इतने में आप आये...पता नहीं बेल भी कैसे बजने लगी...

कमल : (*आँचल सँवारते*) और अभी कह रहे हैं कि जगह नहीं है! अब हम कहाँ जाएँ? आपने तो हमारा गला काटा? सच, अच्छे आदमी का दुनिया में कोई नहीं होता! (*गोविन्दा का हाथ पकड़कर*) चलिए!

गोविन्दा : चलो (*दोनों दुखी होकर जाने लगते हैं। एक-दूसरे की आँखें पोंछते हैं। उतने में*)

मालिक : (*सिसकते हुए*) रुकिए। मत जाइए। (*आँखें पोंछते हुए*) लीजिए... जगह दीजिए।

दोनों : दे रहे हैं? (*कमल उछलते हुए गिरती है, गोविन्दा उसे उठाता है। मुनि आँखें बन्द करता है।*)

मालिक : (*खुद पर काबू पाते हुए*) मैं अपनी शर्तों पर आपको जगह देता हूँ! मुझे इन्सानियत, भावना कुछ समझना नहीं। क्यों समझूँ मैं? दुनिया ने मुझसे कभी ऐसा बर्ताव नहीं किया। फिर मैं क्यों करूँ (*कमल-गोविन्दा खुशी से एक-दूसरे में खोए हुए*) मैं क्या कह रहा हूँ?

गोविन्दा : (*सजग होकर*) हाँ मैंने सुना। मुनि जी से पूछिए। (*कमल से*) नाम मोहन रखेंगे।

कमल : बिल्कुल नहीं। बजरबट्टू नाम रखेंगे! मुझे वे कोमल नाम पसन्द नहीं।

गोविन्दा : मेरा बेटा और नाम बजरबट्टू? यह भी कोई नाम हुआ?

कमल : ठीक है! आपकी इच्छा! हाँ, लेकिन लड़की हुई तो नाम मैं रखूँगी!

गोविन्दा : मंजूर है। लेकिन बजरबट्टू नहीं! वरना बेटी का यही नाम रखोगी... सुश्री बजरबट्टू गोविन्दा गोमकाळे

कमल : धत्!

मालिक : *(बेचैन)* मिस्टर मुनि... मिस्टर मुनि।

मुनि : मैं समझता हूँ आप क्या कहना चाह रहे हैं लेकिन... लेकिन यह प्रकृति है...

मालिक : प्रकृति गयी जहन्नम में...

मुनि : नहीं जाती! इससे तो बेहतर है कि हम मुँह फेरकर खड़े हो जाएँ। *(खुद खड़ा होता है।)* आप भी मत देखिए उधर! हम मरे सो दुनिया डूबी। यही सही है। *(दोनों मुँह फेरकर खड़े होते हैं।)*

मालिक : फिर भी बर्दाश्त नहीं होता! *(वैसे ही खड़े)* अरे दोनों तुम, सुनो! *(दोनों देखते हैं।)* जगह चाहिए तो ये सब रोक दीजिए। मैं ऐसे सम्बन्ध बर्दाश्त नहीं कर सकता। *(दोनों प्रश्नार्थक नज़रों से एक-दूसरे को देखते हुए दूर रहते हैं।)* मनुष्य यानी कौआ चिड़िया नहीं है! मैंने अपने जीवन में आदमी नामक प्राणी को खूब देखा है। बन्द आँखें खोलकर भी नियति ने क्या कुछ नहीं दिखाया मुझे! जनमा था किसी अज्ञात बेवकूफ बाप और स्वैराचारिणी माँ का पुत्र बनकर! अनाचार से पैदा हुआ और तब से लेकर आजतक मनुष्य में पशु के ही संस्कार होते रहे मन पर। गन्दा, घिनौना, गुनहगार, बीमार-रुग्ण, भुक्खड़, तृष्णा में लबालब डूबा हुआ आदमी ही देखा है बार-बार, हर बार। वात्सल्य, प्रेम, दया, करुणा का झोंका तक स्पर्श करने कभी नहीं आया मेरे पास। छह साल का था तब हमारी मातृ देवता हमें पड़ोस के ग़ाँव में मेला दिखाने ले गयी और भीड़ में छोड़ दिया उसने मुझे! तब से अकेला जी रहा हूँ इतनी बड़ी दुनिया में। एक उल्लू के साथ! लगता है ये मोटी दीवारें उदास! उफ्! मनुष्य से नफरत करनेवाला मैं, फिर भी मनुष्य का साथ चाहिए मुझे। कई बार लगता है मैं मरा हूँ और मरकर भी अकेला जी रहा हूँ पुनः पुनः वे दुख भोगने के लिए...पुराना असहनीय बोझ वैसा ही ढोते रहने लिए...

गोविन्दा : (*कमल से*) सुनो कमा! गणपति उत्सव में का काव्य गायन सुनने जैसा लग रहा है न?

कमल : अजी मुझे तो ऐतिहासिक नाटक देखने जैसा लग रहा है। उस नाटक में नहीं वह संभाजी अन्त में ऐसा ही चीखता है करुण स्वर में?

गोविन्दा : अरी, लेकिन ये संभाजी नहीं हैं।

कमल : होता तो कितना मज़ा आता नहीं? मैंने उससे पूछा होता...तुम्हारी आँखों में सलाखें चुभाईं यानी क्या किया? तुम्हारी जबान काटी यानी कैसे? अजी, जबान काटने पर संभाजी को कितनी असुविधाएँ उठानी पड़ी होंगी, नहीं? देखिए तो (*जिह्वा एक ओर हटाकर बोलने का प्रयत्न करती हुई*) बिना जिह्वा के बोले ही नहीं जाता! और आईसक्रीम खाने भी नहीं आयेगा! इमली भी नहीं! ऊई माँ! कितनी बुरी बात है न। (*आँखों में आँसू*)

गोविन्दा : हाँ है तो बुरा। लेकिन तुम मत रोओ! मैं क्या कर सकता था? मैं था ही नहीं तब? वरना मैंने नहीं काटने दी होती संभाजी की जबान... **(यह देखते हुए मालिक घायल-सा होता है। मुनि उसका ध्यान दूर हटाने का प्रयत्न करता है।)**

मुनि : इसीलिए मैं आपसे कह रहा था कि पीठ उधर कर खड़े रहिए।

मालिक : (*छटपटाते*) पुनः आरम्भ से जीने की चाह उभर रही है।

मुनि : हाथ मिलाइए! बढ़िया!

मालिक : बढ़िया क्या? बुरा कहिए! बुरा! और वेदना। जी नहीं पाऊँगा इसकी वेदना। (*सँभालकर बुलन्द आवाज़ में*) ऐ बच्चो...

दोनों : हमसे कहा?

मालिक : हाँ! वरना किससे कहता? अपनी ये बचकानी हरकतें बन्द करो और ध्यान से सुनो! (*मुड़ने की चाह पर काबू पाकर*) सुन रहे हो न?

गोविन्दा : हाँ।

मालिक : इसके पहले इस जगह पर दो किरायेदार रहते थे।

गोविन्दा : एक साथ?

मालिक : नहीं पहले एक रहता था।

मुनि : नैचुरली! बाद में दूसरा!

मालिक : वे भी ऐसी बचकानी हरकतें करने लगे...

गोविन्दा : यानी उन्होंने क्या किया?

मालिक : एक बाँसुरी सीखने लगा और दूसरा सफेद चूहा लाया—पालने के लिए...?

कमल : उई माँ, चूहा?

मालिक : मैंने निकाल दिया उनको! चौबीस घंटों की पूर्वसूचना पर! सामान के साथ। उनकी एक नहीं सुनी।

कमल : वह चूहा कहाँ है?

मालिक : मैं क्या जानूँ? मरा होगा किसी वजनदार भारी सवारी के नीचे आकर।

कमल : नहीं, नहीं, ऐसा नहीं हो सकता!

गोविन्दा : ऐसे कैसे मरेगा? उसके साथ वे लोग होंगे न!

मालिक : वे लोग भी हो गये होंगे बेवतन! आदमी के हृदय हीन होने की सच्चाई से टकराते हुए!

गोविन्दा : यह सम्भव नहीं!

कमल : उन्हें नयी जगह मिली होगी!

गोविन्दा : और सफेद चूहा भी जीवित होगा।

मालिक : तुम लोग समझते हो उतनी दयालु नहीं है यह ईश्वर की दुनिया! वह बदसूरत है! क्रूर है!

गोविन्दा : नहीं। यह दुनिया बड़ी सुन्दर है। ईश्वर की दुनिया मजेदार है। अच्छी है। बहुत अच्छी है।

मुनि : जिसकी लाठी उसकी भैंस! यह सारा गणित भी इन बच्चों की खोपड़ी में नहीं आता!

मालिक : मैं विरोध बर्दाश्त नहीं कर सकता! ऐ बच्चो! यह जगह मेरी है। मेरी मर्जी चलती है यहाँ! मैंने खरीदा है इसे! इन चारदीवारों के भीतर मैं राजा हूँ। मेरी ही बात चलेगी! (*दोनों चुप*) यहाँ रहनेवाले किरायेदार को मेरी आठ शर्तों का पालन करना ही होगा!

मुनि : बस ये ही मैं भूल गया हूँ। सिर्फ एक शर्त याद रही!

मालिक : मुझसे कोई उल्टा प्रश्न नहीं पूछेगा! पहली शर्त!

कमल : क्यों? (*गलती समझने पर चुप होती है।*)

मालिक : दूसरी शर्त मेरे 'चले जाओ' कहते ही चुपचाप, खिटपिट किये बगैर चले जाने का!

गोविन्दा : लेकिन रेंट एक्ट के मुताबिक... (*चुप हो जाता है।*)

मालिक : जोर से हँसना मना है!
गाना मना है!

बजाना मना है!
झगड़ा करना चाहिए!
रोना ज़रूरी है!
हमेश चिन्तामग्न दिखना चाहिए!
एक-दूसरे की पिटाई करना एक्सट्रा क्वालिफिकेशन माना जाएगा!
(गोविन्दा कमल एक-दूसरे की ओर देखते हैं।)

गोविन्दा : (*सूखे गले से*) यह तो...यह तो ज्यादती...(*कमल की ओर देखता है! वह मुरझायी कली सी*) हमें लगा था कि आप हमसे खुश हैं! इसलिए यह जगह दे रहे हैं! (*मुश्किल से*) क्या करें? (*कमल हारी हुई।*)

मालिक : आपका निर्णय अभी चाहिए।
(दोनों रुआँसी शक्ल से खुसर-पुसुर करते हैं।)

दोनों : (*दीन स्वर में*) मंजूर है।

मालिक : हाँ! यह सब मंज़ूर है तो अन्तिम शर्त बच्चा होने नहीं मंगता!
(दोनों अवाक्! अर्ध बेहोश-से)

मुनि : वैसे बीच में बोलने का मुझे कोई अधिकार नहीं फिर भी...पौधा रोपकर कलियाँ खिलने न देने जैसा है! कैसी ज़िद है यह!

मालिक : पौधा मैंने नहीं उगाया है! मैं कलियाँ भी खिलने न दूँगा!

गोविन्दा : धत्! आप से थोड़ी कहेंगे बच्चे सँभालने के लिए हम तो दाई माँ रखेंगे!

मालिक : इस घर में ना बच्चा बर्दाश्त किया जाएगा और न ही दूसरी औरत!
(खामोशी! मुनि उसे सलाह देने की चेष्टा करता है।)

मुनि : परिवार नियोजन कर लीजिए! कुछ तो रास्ता निकालना पड़ेगा! जगह मिलनी जो है!

कमल : गोविन्दा, यह परिवार नियोजन क्या होता है?

गोविन्दा : मैं क्या जानूँ? सरकार का कोई मन्त्रालय होगा शायद!

कमल : फिर उससे हमें क्या लेना-देना?

गोविन्दा : आजकल सरकार सभी कुछ लोगों को करने के लिए कहती है। वैसा ही होगा कुछ! मुहर सिर्फ सरकार की! यानी कर वसूली सरकार की!

कमल : मुझे सरकार का यह रवैया बिल्कुल पसन्द नहीं। और इन मालिक लोगों का भी!

गोविन्दा : यह बात मैं सरकार तक पहुँचा दूँगा, लेकिन मालिक का क्या? जगह?

मुनि : सौदा हो जाने दो! जिन्दगी का सवाल है। क्या पता दूसरी जगह मिले

या नहीं। बच्चे तो क्या कभी भी हो सकते हैं। क्यों?

कमल : मैं नहीं जानती! (*सहसा*) गोविन्दा, मालिक से 'हाँ' कह!

गोविन्दा : लेकिन...

कमल : मेरी सुनते हैं न आप।

गोविन्दा : हाँ! लेकिन...

कमल : आराम से हाँ कह दीजिए!

गोविन्दा : अरी लेकिन!

कमल : गोविन्दा, हाँ कह दीजिए...

गोविन्दा : ठीक है! (*मालिक से*) हाँ मंजूर है!

मालिक : सभी शर्तें?

गोविन्दा : हाँ! सभी!

मालिक : सोचकर ही हाँ कह रहे हो न? बाद में बदलोगे तो नहीं?

(गोविन्दा नासमझी में)

कमल : नहीं!

मालिक : तो ठीक है!

गोविन्दा : कहाँ हस्ताक्षर करूँ?

मालिक : यह सब जबानी ही! मुनि साक्षी हैं।

मुनि : हाँ!

मालिक : कह दीजिए उन्हें! कल से रहने आयें! सामान लेकर!

गोविन्दा : सामान?

मुनि : यानी फर्नीचर, टेबल, कुर्सी, डिब्बे, बोतलें, झाड़ू... पलँग...

कमल : हमारे पास इसमें से कुछ भी नहीं है।

गोविन्दा : सिर्फ हम हैं अपने साथ।

कमल : हम अभी से रहने के लिए आ सकते हैं!

मालिक : नहीं। सालों के अकेलेपन को आज रात ठीक से विदा करने दो मुझे! आइए कल!

मुनि : (*झुककर*) थैंक्यू सो मच मालिक!

मालिक : यह अंग्रेजी स्वांग नहीं चाहिए मुझे! जाइए!

(तीनों जाते हैं। मालिक प्रेक्षकों की ओर पीठ कर उल्लू के पिंजड़े के सामने खड़ा हो जाता है!)

दृश्य तीन

[प्रकाश में रास्ता दिखता है। मुनि और पीछे कमल, गोविन्दा हाथ में हाथ लिये! कमल खिलखिला रही है। गोविन्दा उसे साथ दे रहा है। मुनि देखता है। वे दोनों विंग में से किसी को 'बाय' कर रहे हैं। चिढ़ रहे हैं! मुनि खाँसता है। गोविन्दा चौंकता है।]

गोविन्दा : हम आपके बेहद आभारी हैं। मि. मुनि... हम ऋणी हैं।

कमल : मेनी मेनी थैंक्स!

मुनि : (*नकल उतारते हुए*) यह अंग्रेजी स्वांग नहीं मंगता।

गोविन्दा : फिर क्या चाहिए?

कमल : जो चाहिए वह माँगिये मि. मुनि!

गोविन्दा : जो माँगेंगे वह मिलेगा!

कमल : आपने मेरा बड़ा काम किया है।

गोविन्दा : हमारा भला ही किया है आपने! बाल-बच्चे हमारे आपको दुआ देंगे!

कमल : यानी काल्पनिक बाल-बच्चे! (*जोर से हँसती है*)

मुनि : हँसने की क्या बात है?

कमल : कुछ नहीं मुनि जी! यूँ ही! मज़ाक के तौर पर...

(मुनि आँखें फाड़कर देखता है। कमल ज्यादा ही भयावह हँसती है। सचमुच मजा है! और कुछ नहीं!)

मुनि : (*गम्भीरता ओढ़कर*) जो माँगूँगा देंगे?

गोविन्दा : देंगे न!

मुनि : सोच समझकर वादा करना! (*नकल*) बाद में मन बदलना नहीं!

गोविन्दा : नहीं!

कमल : (*जल्दी में पर्स में से कुछ निकालती है।*) लीजिए। आपके माँगने से पहले ही देती हूँ।

गोविन्दा : (*चिन्ता से*) क्या दे रही हो?

कमल : (*दिखाते हुए*) गुलाब का फूल! अभी आते समय फूलवाले ने दिया। बोला, आप इतनी सुन्दर हैं! लीजिए फूल। आपके बालों में शोभा देगा। मैंने लिया! देखिए न कैसा सुन्दर, ताज़ा फूल है। (*देती है।*)

गोविन्दा : हाँ है री! लीजिए मि. मुनि! (*आहिस्ता से*) मुनि जी, सँभाल के वरना मरोड़ देंगे!

कमल : आपके लिए...

गोविन्दा : इनाम। लीजिए।

मुनि : पंखुड़ी की जगह फूल झोली में गिरा! वाह! (*सूँघता है।*)

गोविन्दा : (*दुखी*) अरे रे! यह क्या किया! सूँघा?

मुनि : क्यों? क्या हुआ?

कमल : साँस के कारण मुरझा जाएगा न!

मुनि : (*जल्दी में फूल फेंकता है!*) हाँ सच! ध्यान में ही नहीं आया। सॉरी! वैरी सॉरी! मैं चलता हूँ! पुनः मिलूँगा! (*स्वयं से*) कमीशन के लिए! वसूल करना है न! क्या करें? धन्धा है! (*जाता है।*)

गोविन्दा : भला आदमी है।

कमल : देवमानुष है।

गोविन्दा : महात्मा है। (*दोनों उसके उपकार के बोझ से बाहर आकर उसाँस छोड़कर! एक-दूसरे को देखते हुए।*)

गोविन्दा : कमल...

कमल : गोविन्दा...

गोविन्दा : कमा... कमा

कमल : बस इतनी ही बार?

गोविन्दा : कमा...कमा...कमा...कमा... मैं क्या कहता हूँ! कि कल से हम एक ही कमरे में! बीच में कुछ नहीं। मेरा चचेरा भाई नहीं। तुम्हारी सहेली के छह बच्चे नहीं! सहेली नहीं। गिरगाँव नहीं। भखाडी नहीं! खेतवाड़ी नहीं! बस तुम और मैं! बन्द दरवाज़ा! दीवारें, छप्पर, ज़मीन! (*उदास*) लेकिन कमा...

कमल : क्या हुआ जी?

गोविन्दा : लेकिन वह झगड़ा...रोना? और न गाना... चिन्तामग्न?

कमल : उसका क्या?

गोविन्दा : कैसे होगा ये सब हम से? अपने आदमी के साथ हो और एक तान भी न छेड़ें?

कमल : मुझे भी बड़ा अटपटा लगता है। हँसी आती है।

गोविन्दा : हमने तो कल ही कसम खायी है कि हम जिन्दगी में कभी झगड़ेंगे नहीं! कमा, हम यह जगह न लें तो... उस क्रूर मालिक को सबक सिखा दें?

कमल : फिर मैं सहेली के किचन में...

गोविन्दा : और मैं चचेरे भाई की बाल्कनी में...

कमल : फिर मैं सहेली के किचन में...

गोविन्दा : और मैं चचेरे भाई की बाल्कनी में...

कमल : आजकल ठंडी के दिन हैं—

गोविन्दा : मुझे बेहद गर्मी लगती है। जगह चाहिए!

कमल : यह जगह हम पाकर ही रहेंगे!

गोविन्दा : द्वैभाषिक की तरह!

कमल : (*चौंककर*) क्या कहा?

गोविन्दा : वह जो परसों समाचार पत्र में पढ़ा था...

कमल : समाचार पत्र पढ़ते हो?

गोविन्दा : चाहो तो नहीं पढ़ूँगा!

कमल : मत पढ़ो! खाली सरदर्द! हम ऐसा करेंगे कि तुम ऑफिस जाते-जाते गुनगुनाओ मैं लंच ऑवर में गुनगुनाऊँगी। हम चौपाटी पर भेल खाएँगे। मीठी-मीठी बातें करेंगे! और घर आकर झूठ-मूठ का झगड़ा करेंगे! और अपने बच्चों को तकिया के नीचे या अलमारी में छिपाकर रखेंगे! मालिक को पता भी नहीं चलेगा! मैं मार्केटिंग के थैले में डालकर बच्चों को घुमाने ले जाऊँगी! और तुम अखबारों की रद्दी में लपेटकर उन्हें खिलाओ! यह भी सवाल हल हो गया!

गोविन्दा : (*आदर से*) वाह! सचमुच हल मिल गया! कमा, डार्लिंग तुम ग्रेट हो...

(गोविन्दा कमा को पुकारते हुए उसके पीछे जाता है और पर्दा गिरता है।)

द्वितीय अंक

[वही कमरा। गोविन्दा-कमा की गृहस्थी। हर चीज़ नाज़ुक और सस्ती, अजीब आकार की। दीवार पर हरा बल्ब। तीन सुइयों वाली घड़ी बन्द है। एक ढोल बजाता बन्दर! बच्चे की तस्वीर बड़े पेंटिंग्ज के पीछे छिपाई हुई! पर्दा ऊपर उठते ही प्रेक्षकों को वह पेंटिंग्ज दिखती है। कमरे में गोविन्दा, कमा और एक मोटा-सा आदमी बैठे हैं। आदमी ठहाका लगाकर हँस रहा है। नाम चन्दर है।]

चन्दर : *(हँसी का आवेग कम होने पर)* तो वह मोटा उस दुबले को थप्पड़ मारता है। ठँय! दुबला कुछ समझता नहीं और मोटे को लगता है दुबला चुप है! लेट रिएक्शन नहीं। दुबला सब समझता है! और बेसुध मोटे को ठूँसा जड़ देता है। ठँय! मोटा आसमान देखते हुए सीटी बजाता है मानो कुछ हुआ ही नहीं। फिर उसके ध्यान में आता है मुझपर ठूँसा बख्शा है। वह दुबले के सिर पर लकड़ी फेंकता है। *(हँसते-हँसते गिरता है।)*

कमल : सच मजा है न!

गोविन्दा : हाँ न! कमा तुम्हें बताता हूँ सुन। बचपन में हमारी क्लास में एक लड़का था। ढमढेरे नाम था उसका। उसे...

चन्दर : वह कुछ भी नहीं। वह डिज़्नी की मिकी माऊसवाली कहानी क्या कमाल की है—एक बार उसके पीछे बिलाव लगता है। *(आवाज़ निकालता है।)* बेचारा मिकी! भागते-भागते जान पर बीती! भाग रहा है बेचारा...टेबल पर से, कुर्सी के नीचे से, चिमनी में से, पाइप में से, करी के बर्तन में...पीछे बिलाव! और...

गोविन्दा : हाँ तो कमा, ढमढेरे नाम के उस लड़के का...

चन्दर : सुनो तो, मिकी किसी बिल में गायब हो गया और वह बिलाव-पागल-सीधा दीवार फाँदकर पेड़ों में से तार के बाड़ में से भागता गया! *(हँसता है)*

गोविन्दा : हाँ तो कमा-ढमढेरे नाम के उस बच्चे का...

कमल : यह देख कितना मज़ेदार दिख रहा है।

चन्दर : यह तो कुछ भी नहीं। बॉब हॉप की कहानी तो... वह पायरेट यानी समंदरी डाकू... जहाज का कप्तान मोटा, मूँछोंवाला! वह कप्तान और ये...दोनों में...यानी मैं...लेकिन हाँ बड़ा मजा है...

गोविन्दा : हाँ तो कमा, एक दिन ढमढेरे ले आया बिल्ली का बच्चा...अं।

चन्दर : हाँ, याद आया! पायरेट और डकैतों में लड़ाई—बॉब हॉप पायरेट का डमी बनाता है! दोनों डकैतों से लड़ते हैं! आईने में सोचकर खाली जगह पर देखनेवाला पायरेट! उसके परे नकली पायरेट यानी बॉब हॉप...पायरेट को लगता है अपनी परछाईं है। वह मूँछें तानता है। दायीं भौंह तिरछी करता है! बॉब हॉप भी वैसे ही करता है! पायरेट को शक हो जाता है। (*हँसता है।*)

गोविन्दा : (*कमल से*) इसमें हँसने जैसी क्या बात है?

चन्दर : अरे वैसी बात नहीं रे! दायीं भौंह यानी परछाईं की भी दायीं भौंह होनी चाहिए न! लेकिन देखो वह बायीं होती है! पायरेट को इसी से शक हो जाता है। सीधे आईने में उँगली घुसाता है! और...और...(*लोटपोट होता है।*)

कमल : इसकी तो साँस अटक जाएगी अब!

गोविन्दा : हाँ तो कमा, वह ढमढेरे का...बिल्ली का बच्चा...

चन्दर : वह उँगली जाती है बॉब हॉप की नाक में। कैसा हास्यास्पद सिच्यूएशन है न? पेट दुखा हँसते-हँसते! भाभी पानी दीजिए! (*कमल पानी देती है।*)

गोविन्दा : हाँ तो चन्दर... उस बिल्ली के बच्चे के साथ मज़ाक...(*चन्दर को खाँसी।*) क्या हुआ पता है। मैंने अभी तक चुटकुला बताया ही नहीं! हाँ तो कमा...

कमल : देखो तो वह कैसा मज़ाकिया दिखता है।

गोविन्दा : हाँ लेकिन उस ढमढेरे के...बच्चे का...

चन्दर : (*खाँसी रोककर*) मुझे रेड स्केल्टन की याद आयी!

गोविन्दा : अरे लेकिन मेरी बात तो सुन...ढम...नहीं बिल्ली के बच्चे का...चवाथे मास्टर थे हमें पढ़ाते थे। एकदम सख़्त। मुझे एक बार इलेक्ट्रिकल वायर से मारा था! (*हाथ मलता है।*) हम उन्हें चपाटे मास्टर कहा करते थे। हाँ तो चन्दर, कमा...

कमल : बोलिए न! मैं सुन रही हूँ। लेकिन सँभलकर। मेरी फूलदानी तोड़ मत देना...

गोविन्दा : लेकिन यह चन्दर नहीं सुनता...

चन्दर : मुझे तो बस रेड स्केल्टन की याद आ रही है...

कमल : वह रहने दो! आप बताइए आगे क्या हुआ?

गोविन्दा : हाँ तो, संस्कृत का लेक्चर था! चवाथे सर पढ़ाने लगे! एकदम आवाज़ें आने लगीं म्याऊँ-म्याऊँ! समझ में नहीं आ रहा था कि आवाज़ें कहाँ से आ रही हैं। चवाथे सर गुस्सा हुए। खोजने लगे! बेंच के नीचे...बच्चों के पीछे...लेकिन पता नहीं चल रहा था...तुम 'हं' तो करती रहो...

कमल : हं!

गोविन्दा : सर ने डाँटा! कौन लाया है बिल्ली का बच्चा? बताओ। वरना...! सभी चुप! डरे-डरे से! और इतने में बिल्ली का वह बच्चा खुद सामने आया। म्याऊँ-म्याऊँ! चवाथे सर एकदम खामोश! बिल्ली का बच्चा छपक छपक, टन-टन उछलता-कूदता आगे बढ़ रहा था और हम हँसते जा रहे थे! मैं ठीक से बता नहीं पाया लेकिन हम खूब हँसे थे! तुम देखतीं तो तुम भी खूब हँसतीं!

कमल : बिल्ली का बच्चा बड़ा मज़ेदार होता है। मुझे बेहद पसन्द है। हमारे पास था न एक! जब मैं छोटी थी तब। (*गोविन्दा हँसने की स्टाइल में आकर सुनने लगता है।*) और एक दिन पता है क्या हुआ। बिलाव ने उसे खा डाला। (*गोविन्दा हँसता है, लेकिन कमा की उदासी भाँपकर हँसी रोकता है।*) उस वक्त मुझे मज़ा आया था। क्या समझता बचपन में भला! लेकिन बुरा हुआ न? बिलाव ने नहीं खाना चाहिए था बच्चे को!

गोविन्दा : हाँ न!

कमल : कोई किसी को न खाए। है न? बिल्ली के बच्चे को तो बिल्कुल नहीं खाना चाहिए! कितना सुन्दर, कोमल होता है न वह? ऊन का गोला! हम पालें बिल्ली का बच्चा?

गोविन्दा : लाएँगे! तुम चाहोगी तो लाएँगे! मैंने तुम्हें कभी मना किया है? यानी हाथी और मलबार हिल छोड़कर सब कुछ ला दूँगा तुम्हें! कमा, मैं प्यार करता हूँ तुमसे! तुम मुझे बहुत अच्छी लगती हो!

कमल : मुझे भी तुम...(*उसका उदास चेहरा देख*) सच!

गोविन्दा : (*सन्तोष से*) हाँ बीच के सारे दिन कितने भयावह थे। दुःस्वप्न जैसे!

उफ्! वह रोना, झगड़ना, उदास रहना... चिन्ताग्रस्त...। कैसी शर्तें थीं बाबा रे! मैं तो ऑफिस में भी वैसा ही रहने-दिखने लगा था। कहता था तो कोई यकीन नहीं करता था। सभी कहते थे गोमकाळे को विवाह लाभप्रद नहीं हुआ! कुछ गड़बड़ है। इससे तो और ही दुख होता था!

कमल : ऐ लाडो, लेकिन इतने बुरे भी नहीं थे हं। वे दिन? (*मुस्कुराते*) मैं रोते-रोते कैसे तुम्हारी चिकुटी काटती थी न? गुदगुदी करती थी!

गोविन्दा : और मैं चीखते-चीखते बीच में ही...

कमल : शूऽऽ! चन्दर सुनेगा न!

गोविन्दा : सुनने दो! तब मुझे नहीं सुनाता था इंग्लिश फिल्मों के नॉनवेज जोक्स! रात-बेरात सुनाता था। और मैं रातभर छटपटाता था। खुद सो जाता था घोड़े बेचकर!

चन्दर : अपने उस डीन मार्टिन और जेरी लुई की पिक्चर में क्या था रे...

गोविन्दा : उन दिनों हल्का-फुल्का कहकर मेरा मन बहलाता तो क्या बिगड़ता इसका? लेकिन नहीं। तब वाहियात बातें करता था। और अब नॉनवेज चलता, लेकिन अब बच्चों के जोक्स सुनाता है!

कमल : कहने दो! अपना कोई नुकसान है क्या? उपकार कितने हैं उसके हम पर! कैसी-कैसी शक्कल लड़ाकर उसने हमें छुटकारा दिया उन भयावह शर्तों से। हमेशा के लिए!

गोविन्दा : सच है! वरना क्या था लाइफ में? सुबह उठने से लेकर रात को सोने तक झगड़ो। लम्बू चेहरे से बैठो! दाँत माँजते समय भी दाँत मत दिखाओ! मुझे तो लगता था कि कोल्हापुर जा रहा हूँ थर्ड क्लास के डिब्बे में बैठ।

कमल : मतलब?

गोविन्दा : पुणे स्टेशन पर ऊपर की बर्थ पकड़ी तो बस समझो कि कोल्हापुर आने तक हाथ-पैर जकड़कर, झुककर बैठ जाओ!

कमल : (*समझकर*) हं। बीत गये वे मनहूस दिन!

गोविन्दा : अच्छा हुआ बला टली। चन्दर की कृपा से! चन्दर, सच तुम महान हो!

चन्दर : (*अपनी ही धुन में*) उफ! नाम क्यों नहीं याद आ रहा है उस पिक्चर का? क्या था...

कमल : (*गोविन्दा से*) मैं कहती नहीं थी कि ईश्वर अपने साथ ज़रूर है! मैंने यूँ ही नहीं रखा था गुरुवार का व्रत! तुम...आप हँसते थे। लेकिन देखिए—पुण्य मिला और स्लिम भी हुई! अब कैसी हूँ शेप्ली?

गोविन्दा : हाँ! क्यों नहीं!

(झट् से लाल बत्ती जलती है। घंटी बजने लगती है। बन्दर ढोल बजाने लगता है। घड़ी की तीनों सुइयाँ घूमने लगती हैं।)

गोविन्दा : *(डरकर)* मालिक आया...

(चन्दर यह सब देखते हुए बुत-सा खड़ा! गोविन्दा डॉ. जेकिल-सा चेहरे पर हाथ फेरकर उग्र चेहरा करता है। कमा तसवीर पलट देती है।)

गोविन्दा : रेडी?

कमल : *(रुकिए। बाल बिखेरती है।)* रेडी!

गोविन्दा : *(दौड़कर कोने में रखी लाठी लाकर)*

(रोमांटिक संवादों के पीछे झगड़े का भाव प्रदर्शित कर रोना, पीटना, आदि...चन्दर दरवाज़ा खोलता है। चन्दर चला जाता है। इफेक्ट्स बन्द। हरी बत्ती जलती है तब भी इनके डॉयलाग चालू) (मुनि प्रवेश करते हैं। नासमझी में खड़े रहते हैं!)

कमल : अरे! मुनि आप? *(बाल ठीक करती है!)*

गोविन्दा : ओहो आप हैं। हमें लगा मालिक हैं।

कमल : आप आयेंगे सोचा न था।

गोविन्दा : अचानक? बिना किसी से कहे?

मुनि : *(भीतर आते हुए)* हाँ ठीक ही है। आप तो मुझे भूल ही गये हैं। इसमें भी कोई अचरज की बात नहीं है। है न?

गोविन्दा : क्या कह रहे हैं!

कमल : ऐसा हो सकता है?

मुनि : *(गम्भीरता से)* मैं दरवाज़े पर था तब भीतर आवाज़ें कैसी थीं? आरती जैसी! *(दोनों हँसते हैं।)* मैं जान गया कि कोई पूजा-वूजा नहीं हो रही है! और यह हरी बत्ती? *(पुनः दोनों मुस्कुराते हैं।)* नहीं, मैं कुछ गलत कह रहा हूँ क्या? यदि ऐसा है तो बताइए, मगर इस बूढ़े का मज़ाक मत उड़ाइए!

गोविन्दा : मिस्टर मुनि जी, मज़ाक नहीं कर रहे हैं हम।

कमल : बिल्कुल नहीं। हम ऐसा नहीं कर सकते!

मुनि : तो फिर इस दीप का रहस्य क्या है? दिन दहाड़े यह जल क्यों रहा है? और बेल न बजाते हुए भीतर अलार्म कैसे बजा?

कमल : मिस्टर मुनि...

गोविन्दा : वह! वह हमारा राज़ है।

कमल : हम किसी से कह नहीं सकते।

गोविन्दा : बता भी देते लेकिन पहले ही तय हुआ है कि किसी से कहना नहीं।

मुनि : (*दोनों को ध्यान से देखते हुए*) ठीक है। मत बताइए।

कमल : मिस्टर मुनि! आज आप गम्भीर क्यों हैं?

मुनि : समय के अनुसार बदलना पड़ता है हमें। आखिर धन्धा जो ठहरा।

गोविन्दा : समय? कैसा समय है?

मुनि : बताया होता, लेकिन पहले ही तय हुआ है कि...(*कमल, गोविन्दा खिलखिलाते हैं।*)

गोविन्दा : दैट्स ए गुड वन! मि. मुनि अच्छा था सिक्सर।

मुनि : चहक रहे हैं?

दोनों : हाँ!

मुनि : मैंने पूछा हँसी आ रही है!

गोविन्दा : हाँ! क्यों?

मुनि : मुझे याद है। शर्त थी—न हँसने की!

गोविन्दा : अच्छा? हाँ...हाँ! कुछ याद पड़ता है।...मालिक की शर्तों में से एक शर्त...(*हँसता है।*)

मुनि : यह जोक की बात है?

कमल : और नहीं तो क्या! अजी, बता दें क्या इन्हें?

गोविन्दा : अरी, लेकिन...सब...?

कमल : हर्ज ही क्या है? ये मालिक थोड़े ही हैं? अपने ही हैं! क्यों मुनि जी? हैं न हमारे?

मुनि : मैं सभी का हूँ!

गोविन्दा : देखो! जो 'सभी के' होते हैं वे खतरनाक होते हैं।

कमल : फिर भी आप ज्यादा किसके हैं? मालिक के या हमारे?

गोविन्दा : यानी आप किस दल के? सरकार के या विरोधी दल के?

मुनि : (*सोचकर*) आपके क्यों?

गोविन्दा : (*कमल से*) तब बता ही देता हूँ इन्हें सब। अरे चन्दर, आओ न इधर! मीट माय चचेरे भाई चन्दर! और ये मिस्टर मुनि बॉल्ट फ्रॉम द ब्लू इलेक्ट्रिकल कम्पनी मेकैनिक हैं। क्या कल्पना लड़ाते हैं। शादी के बाद मैं इसी भाई की बाल्कनी में सोता था। पहाड़-से उपकार हैं इसके हम पर!

चन्दर : (*विनम्रता से*) ऐसी कोई बात नहीं है!

गोविन्दा : है रे! मुनि जी अब आप ही बताइए—मालिक की दस शर्तों में से...

मुनि : नौ।

कमल : नहीं मिस्टर मुनि! उसने एक शर्त और बढ़ा दी है!

मुनि : नयी शर्त?

गोविन्दा : हाँ! हम दोनों के सिवा और कोई यहाँ दिखे नहीं! इसकी सहेली आयी थी अपने छह बच्चों को लेकर!

कमल : और बच्चे मालिक को चिढ़ाने लगे—मोटूराम डबल चालू!

गोविन्दा : तब से दसवीं शर्त! बच्चों ने क्या चिढ़ाया! उन्हें लगा यहाँ आनेवाला हर कोई ऐसा ही होगा। अब उन्हें कौन समझाने जाय! करेला कहीं का!

मुनि : करेला?

कमल : हाँ! और नीम पर चढ़ा हुआ! यानी मालिक!

गोविन्दा : वह भूत आया सोचकर ही हमने चन्दर को...

चन्दर : क्या?

गोविन्दा : अरे! हमने तय किया था न कि मालिक आते ही तुम बुत बन जाओगे! दसवीं शर्त?

कमल : हाँ न!

चन्दर : लेकिन तुम्हारे कहने पर ही मैंने दरवाज़ा खोला?

कमल : कोई बात नहीं। ये मालिक थोड़े ही हैं? ये मुनि हैं। अब ध्यान में रखना! मिस्टर मुनि, इसी चन्दर ने हमें दसों शर्तों से मुक्ति दिलाई!
(*चन्दर विनम्रता से लजाता है।*)

मुनि : मतलब? (*चारों तरफ देखता है*) क्या किया?

गोविन्दा : यानी अब हम हँस सकते हैं मिस्टर मुनि!

चन्दर : (*हँसी रोकते हुए*) वह तुम्हारा ढमढेरे मास्टर के बिल्ली के बच्चे का जोक याद आया मुझे!

गोविन्दा : अब? है न मज़ेदार?

चन्दर : अफलातून! लेकिन मैं बाद में हँसूँगा। अभी मेहमान हैं!

गोविन्दा : ठीक है!

कमल : मि. मुनि हम गाते भी हैं।

गोविन्दा : (*गाकर*) और बजाते भी हैं।
(चन्दर बाँसुरी बजाता है!)

कमल : और झगड़ते भी नहीं!

गोविन्दा : और रोते भी नहीं!

कमल : अब हमें कोई चिन्ता नहीं!

गोविन्दा : हम ज़रूरत भर के लिए ही दुखी होते हैं। यानी मालिक के सामने भर!

कमल : वे नहीं रहते तब मज़े ही मज़े!

गोविन्दा : और उनका 'आना' हमें यहाँ पता चलता है!

कमल : उनका 'जाना' भी समझता है। वे सोते हैं और हमें पता चलता है। और तो और वे इस पार्टीशन की दरार में से चोरी-चोरी देखते हैं। हमें यह भी पता चलता है।

गोविन्दा : यदि वे यहाँ आने के लिए चल पड़ते हैं तब भी हमें पता चलता है—इन एडवान्स!

कमल : यह सब चन्दर की कृपा!

गोविन्दा : और आपकी भी कृपा मिस्टर मुनि! हम खुश हैं। आपकी और चन्दर की कृपा से!

कमल : बेहद मज़े में! शर्तों से छुटकारा भी मिला और जगह भी मिली हमेशा के लिए। मालिक को फँसाया! (*हँसती है।*) उन्हें फँसाने में भी मज़ा आता है! वे बेचारे समझते होंगे हम शर्तों का पालन कर रहे हैं। मुझे तो अब उनपर तरस आता है। वैसे उनके प्रति दया भाव है ही!

गोविन्दा : हाँ हाँ! हम उन्हें गुमराह करते हैं और उन्हें कानों खबर नहीं होती इस बात की!

कमल : बस उन्हें पता न चले इस बात का। है न? इसमें बुरा क्या है? आप ही बताइए! उन्हें सन्तोष! हमारी सुविधा! अच्छी जगह है! हम किराया भी एडवान्स में देते हैं! है न जी?

गोविन्दा : हाँ हाँ! मैं तो मालिक से कहता हूँ पच्चीस साल का किराया भी एडवान्स में लीजिए! लेकिन वे नहीं लेते!

(मुनि खामोश)

कमल : मुनि जी आप चुप क्यों हैं?

गोविन्दा : क्यों? तबियत तो ठीक है न?

कमल : अजी मैं भी कितनी भुलक्कड़ हूँ! चाय तक नहीं दी इन्हें! अभी बनाती हूँ!

मुनि : नहीं। नहीं चाहिए!

कमल : फिर शरबत लीजिए। कल ही बोतल खरीदी है!

(शरबत बनाने चली जाती है।)

गोविन्दा : अरी ये बोलेंगे भी कैसे? हमने इन्हें सिर्फ बताया है। दिखाया थोड़ी है हमारा जादू?

कमल : अच्छा इसलिए रूठे हैं क्या? दिखा दीजिए फिर इन्हें!

गोविन्दा : आइए मिस्टर मुनि जी! यह देखिए दीया! आप इसी के बारे में ही पूछ रहे थे न? मालिक घर में होते हैं तब यह लाल होता है। नहीं रहते तब हरा। वे सोते हैं तब केसरिया रंग का हो जाता है। और खाँसें तो नीला होता है! यह बन्दर देख रहे हैं? मालिक जब पार्टीशन की दरार से चोरी-छिपे देखते हैं तब यह जोर-जोर से ढोलक बजाता है। डरिए मत! अब वे चोरी से देख नहीं रहे हैं। मैं आपको सिर्फ दिखा रहा हूँ। यह घड़ी देखिए! दिख रही है लेकिन है यह कम्पास!

मुनि : कम्पास?

गोविन्दा : हाँ! बिजली पर चलनेवाला! मालिक अपने कमरे में कितने बजे कहाँ है यह दिखानेवाला!

मुनि : लेकिन इसमें तीन सुइयाँ हैं।

गोविन्दा : चाहिए ही न! बाकी दो सुइयाँ हमारे लिए हैं। हम कहाँ हैं यह भी दिखना चाहिए न! इमरजेंसी में! इफ यू कैन अंडरस्टैंड!

मुनि : और कुछ?

गोविन्दा : यह बेल! आपको लगा न आरती हो रही है। बिजली पर चलती है। मालिक ने वरांडे में रखे 'वेलकम' लिखे पायदान पर पैर रखा कि बजने लगती है! अब यह बेल मज़ाक कर रही है! मालिक जब सच में वहाँ होते हैं तो यह मन से बजती है। मालिक जब एक कदम आगे बढ़ाते हैं तब ये सारी चीज़ें एक साथ बजने लगती हैं! आप आये तब ऐसा ही हुआ था!

(मुनि पगलाया-सा।)

यह आईना है!

मुनि : लेकिन आईना नहीं। है न?

गोविन्दा : तो क्या है? आपके विचार से?

मुनि : मालिक स्नान करते हुए दिखते होंगे?...

गोविन्दा : (*हँसकर*) नहीं मुनि जी! आप मज़ाक़ अच्छा कर लेते हैं! यह आईना ही है! मालिक के आने पर, देखने पर हमें हाव-भाव बदलने होते हैं न! हाँ अब बिना देखे भी कर सकते हैं सही हाव-भाव! और ये

किताबें! नाटकों की! इनमें के सभी लव सीन्स कंठस्थ हुए हैं हमारे! मालिक को लगता है हम झगड़ रहे हैं और हमारा शौक पूरा होता है प्रेम संवाद कहने का! अरी जरा वह लव सीन का डॉयलॉग बोल के दिखाओ न...

कमल : मैं शरबत बना रही हूँ न!

गोविन्दा : शरबत बनातें-बनाते बोलो। इन्हें सुनाओ!

मुनि : रहने दीजिए! मैंने सुना है—जब मैं आया...

गोविन्दा : तो कैसे लगा हमारा झगड़ा मि. मुनि? असली लगा न? यहाँ शायद नहीं लगा होगा, लेकिन आप यदि वहाँ से सुनते तो एकदम असली लगता!

मुनि : (*आह भरकर*) अजीब रास्ते ढूँढ़े हैं आपने!

कमल : (*शरबत के गिलास लेकर आती है।*) इसमें हमारी बहादुरी कुछ नहीं। इस चन्दर का कमाल है यह सब!

चन्दर : (*लजाते*) मेरा...मेरा क्या है!

गोविन्दा : इसने अपने कमरे में पता है क्या किया है? मेहमान के आते ही ऊपर से जूता गिरता है!

कमल : सिगरेट के डिब्बे में इलेक्ट्रिकल शॉक की भी व्यवस्था की है!

चन्दर : (*सिगरेट केस खोलकर मुनि से*) लीजिए...

मुनि : नो थैंक्स।

(चन्दर केस जेब में रखता है।)

गोविन्दा : लीजिए, शरबत लीजिए!

(मुनि गिलास को देखते रह जाता है।)

कमल : ज्यादा है? आप रोज थोड़े ही आते हैं! इस चन्दर को तो यह भी कम लगेगा!

गोविन्दा : क्योंकि इसका पेट बड़ा है। मि. मुनि लीजिए। देखते क्या हैं? (*मुनि चौंकते हैं। शरबत पीता है।*) आप बहुत दिनों बाद आये! अच्छा लगा!

कमल : सचमुच अच्छा लगा!

चन्दर : परिचय हुआ आपसे।

(पेंटिंग़ घुमाता है। बच्चे का चित्र दिखता है।)

गोविन्दा : चन्दर, हँसने को क्या हुआ?

(चन्दर और ही हँसता है।)

कमल : क्या हुआ?

(*मुनि की ओर चन्दर देखता है!*) अरे, बताओ तो सही क्या हुआ!

(चन्दर बच्चे का चित्र कमल के सामने करता है। कमल लजाती है।)

अरे! चुप भी कर!

(मुनि का चेहरा प्रश्नार्थक)

गोविन्दा : हाँ हाँ! वह! वह!

कमल : मत बताना।

गोविन्दा : क्यों भला? जब इतना बताया तो यह...

कमल : प्लीज मत बताना...

गोविन्दा : मुनि जी...(*कमल से*) अरी, इन्हें अच्छा लगेगा! (*मुनि से*) मालिक की अन्तिम शर्त थी—बच्चा न होने की! लेकिन अब हमारा बच्चा भी होनेवाला है। (*मुनि आह भरता है।*) वाह! क्या सुन्दर अहसास है! मुनि जी आपको तो अनुभव होगा ही! इतना-सा बच्चा...रेशम-सा बदन! टयँ टयँ करने वाला नन्ही-सी मुट्ठियाँ...वाह! शान है! मालिक को पता न चले इसलिए चन्दर इस कॉट में छुपा झोला बिठानेवाला है! बच्चा रोएगा तो रेडियो के सभी स्टेशनों पर सीटियाँ बजा दी जाएँगी! (*मुनि पसीना पोंछता है!*) आपको सुनकर अच्छा लगा न? अरे यह क्या? आपकी तबीयत तो...

कमल : आपका सिर दुख रहा है क्या?

गोविन्दा : सिर चकरा रहा है?

कमल : पिछले महीने में मेरा सिर चकराता रहा!

गोविन्दा : पगली! इनका सिर वैसा थोड़े ही चकराएगा। मुनि जी, साफ-साफ कहिए...

मुनि : मैं ठीक हूँ!

गोविन्दा : तो चेहरा ऐसा क्यों किया है? कड़वी दवा पीने-सी?

चन्दर : गोविन्दा, मैं इन्हें असली 'दो-चार' सुनाऊँ?

गोविन्दा : नहीं। इन्हें हँसने की आदत नहीं है! कहिए मुनिजी, आपके लिए हम क्या करें? हमने बहुत बातें कीं। अब आप कुछ कहिए।

कमल : हमें खुले दिलवाले अच्छे लगते हैं।

मुनि : (*मन बनाकर*) हाँ, आपको कुछ सुनाने के लिए ही मैं आज आया हूँ!

गोविन्दा : सुनाइए!

मुनि : लेकिन जो सुनाने आया था उसमें परिवर्तन करना होगा!

कमल : अपनी कुछ गलती हुई क्या जी? शरबत में शक्कर तो ठीक थी न?

गोविन्दा : हाँ!

कमल : फिर ये ऐसा क्यों कर रहे हैं?

गोविन्दा : शायद पेट दुख रहा होगा।

मुनि : नहीं। मुझसे मालिक मिले थे!

(दोनों आश्चर्य में)

गोविन्दा : मालिक?

कमल : कहाँ?

मुनि : सवाल मत पूछना! उनकी-मेरी बातें हुईं!

गोविन्दा : क्या बातें हुईं? *(जीभ काटते हुए)* सॉरी, आप कहिए...

मुनि : उन्हें आपका यह सब मालूम है...

कमल : सब कुछ?

गोविन्दा : सब कुछ यानी? *(खुद को रोककर कमा से)* बीच में मत बोलो।

मुनि : सब कुछ यानी आपकी ये तरकीबें—ये सामान—आपका शर्तों को ठुकराना...

गोविन्दा : उन्हें पता है?

कमल : *(गुस्से से)* असम्भव! ऐसा कैसे होगा?

मुनि : आपने अभी मुझे जो कुछ बताया उसकी जानकारी उन्होंने पहले ही से मुझे देकर रखी थी! यह दीया, ये बन्दर...घंटी...

कमल : कमाल हो गया!

गोविन्दा : मैं बीच में बोलना नहीं चाहता हूँ, लेकिन क्या करूँ? रहा नहीं जा रहा है। हमने इतना गुप्त रखा था यह सब...फिर भी...नहीं, नहीं! ऐसा हो ही नहीं सकता...

मुनि : दीया लाल सुर्ख जलने पर भी? बन्दर के ढोल बजाने पर भी...आपके ध्यान में उस रात की बात नहीं आयी?

गोविन्दा : ऐसे कैसे हो सकता है? *(सिर खुजलाता है।)*

मुनि : आप उन्हें बड़े खुश दिखे! मालिक आग बबूला हो गये। बस! फिर क्या था! उन्होंने एक-एक कर सब ढूँढ़ निकाला! पार्टीशन में कई छेद बनाकर ढूँढ़ा।

कमल : चोर साला!

गोविन्दा : *(दाँत होंठ भींचकर)* साले मालिक को ऐसे अवैध मार्ग...

मुनि : *(ऊँची आवाज़ में)* पहले आपने ढूँढ़े! आपने उन्हें फँसाया! शर्तों को भंग किया!

कमल : (*जोर से*) मुझे यही बात समझ में नहीं आती कि वे ऐसा नीच कर्म करते ही क्यों है? (*गोविन्दा से*) एक ने गाय मारी तो... (*मुनि से*) हाँ, आप कहते जाइए।

मुनि : क्या कहूँ? आप जल्द ही जगह खाली कर दें! मैं एजेंट हूँ। उनके आपके बीच हुए अलिखित समझौते का साक्षी!

गोविन्दा : (*दीन स्वर में*) क्या? यह जगह?

कमल : गोविन्दा ऽऽ

गोविन्दा : हाँ मैं सुन रहा हूँ!

मुनि : मुझे अपनी साख बनाए रखनी है! आपने नियम भंग किया। अब आपको यह जगह खाली करनी है। ऐसा ही तय हुआ है।

गोविन्दा : ऐसी उनकी इच्छा है...

मुनि : यह मेरी भी इच्छा है! यही व्यवहार और सभ्यता का तकाज़ा है।

कमल : लेकिन हमारे पास दूसरी जगह नहीं है।

गोविन्दा : और हमने तय किया है कि हम इसी जगह में रहेंगे।

कमल : हमें जगह पसन्द है!

गोविन्दा : इसीलिए तो इतनी सुविधाएँ करा लीं!

कमल : हमारे चन्दर की मेहनत बेकार थोड़ी ही जाने देंगे?

गोविन्दा : जगह यानी क्या सरकारी कुर्सी है? जब चाहे तब खाली करने को कहे कोई?

कमल : जगह यानी स्टोव की हवा नहीं। जब चाहे तब मुनि कल घुमाई और छोड़ दी!

गोविन्दा : मुनि जी यह सब नहीं चलेगा। मालिक से कह दीजिए। उनकी इच्छा कोई ठीक नहीं है।

कमल : यानी बेहद बुरी है और जँचने योग्य नहीं है!

गोविन्दा : हमें उनका ऐसा सोचना पसन्द नहीं और है भी वाहियात! है न?

कमल : और नहीं तो क्या! इतनी सारी पाबन्दियाँ स्वीकारने पर भी...

मुनि : (*गुस्से में*) लेकिन भंग किया न?

कमल : लेकिन चोरी-छुपे जान लेना क्या कोई अच्छा लक्षण है?

गोविन्दा : उन्हें पता न चले इस तरह भंग करने पर थोड़ी ही पाबन्दी थी? जवाब दीजिए...

कमल : इतनी इन्सानियत दिखाई! उन्हें पता न चले। इतनी सावधानी बरती।

फिर भी मालिक इतनी घिनौनी हरकत करे? चोरी-छिपे देखे? गोविन्दा, मुझे तो यह मालिक बिल्कुल अच्छा नहीं लगता।

गोविन्दा : मुझे भी नहीं लगता!

मुनि : बस कीजिए। इतने एहसान फरामोश आप हैं? मालिक विकृत होगा! अजीब होगा, लेकिन उसने तो कुछ छिपाया नहीं था। पहले ही सब बता दिया था! शर्तें—परिस्थितियाँ सब कुछ बता दिया था न?

कमल : तो क्या हुआ? हम भी किराया एडवान्स देते रहे! गोविन्दा, कुछ बता इन्हें!

मुनि : मुझे किसी को कुछ कहने की ज़रूरत नहीं है। एक बात मेरी समझ में यह आयी कि आप और मालिक दोनों में मालिक सज्जन हैं! उनका कहना सही है। आप तुरन्त यह जगह खाली कर दीजिए...

चन्दर : (*गोविन्दा-कमल से*) यू सी, मुझे बिल्कुल हँसी नहीं आ रही है। साला यह क्या खेल चला है? जूता फेंकने का मशीन लाकर यहाँ बिठा दूँ क्या?

कमल : और यह व्यवहार की बात भी नहीं है। थोड़ा बहुत व्यवहार तो हमें भी समझता है। ऐसे थोड़े ही हाथ लगी जगह जाने देंगे?

गोविन्दा : मुनि जी, आजकल जगह जल्दी नहीं मिलती यह बात तो आप भी जानते हैं। बाइचान्स मिली जगह हम थोड़े ही छोड़ेंगे?

कमल : गोविन्दाऽ

गोविन्दा : अं?

कमल : बिल्कुल नहीं हटेंगे यहाँ से!

गोविन्दा : ठीक है!

मुनि : देखिए वैसे मैं हँसमुख, मज़ाकिया स्वभाव का हूँ, लेकिन आप मेरा सिर मत गर्म कीजिए। मालिक ने मुझे भेजा है...मुझे उनक़ी बात सही लगी...

कमल : कैसे?

मुनि : मैं मालिक से सहमत हूँ। आपको किराए का रसीद तक नहीं मिलता! जगह मालिक के नाम पर है! कानूनन आपको जगह छोड़नी पड़ेगी।

कमल : कानून सज्जन लोगों को चौराहे पर ला खड़ा करने के लिए नहीं बना है। थोड़ा बहुत कानून तो हमें भी पता है! चाहे तो हम दिल्ली तक लड़ेंगे! ठहरो, मैं ही लिखती हूँ पत्र प्रधानमन्त्री के नाम...

चन्दर : राष्ट्रपति के नाम भी लिखना...

कमल : वक्त आने पर उन्हें भी लिखूँगी। चाहे तो उनकी पत्नी को भी लिखूँगी। मैं छोड़ूँगी नहीं। देखते रहने को कहिए आपके मालिक से!

मुनि : (*समझाते हुए*) देखिए यहाँ इस कदर रहना गैरकानूनी है! आपको एक दिन तो जाना ही पड़ेगा।

गोविन्दा : हम सत्याग्रह करेंगे।

चन्दर : (*झट् से*) मेरा जूता सिर पर गिराने की मशीन...

कमल : हम धरना धरेंगे! भूख हड़ताल करेंगे!

गोविन्दा : देशभर में आन्दोलन छेड़ेंगे!

कमल : हाँ तो मुनि जी आपके क्रूर, नीच, जुल्मी, दुराग्रही, जिद्दी, अमानुष, मूर्ख, अज्ञानी मालिक से कहिए...

(वीर रस युक्त गीत गाने लगती है। गोविन्दा-चन्दर भी गाने लगते हैं। बत्तियों के रंग बदलते हैं। बन्दर ढोल बजाता है। उनका ध्यान नहीं है। मालिक आकर खड़ा हो जाता है। चन्दर का ध्यान जाते ही वह बुत बन जाता है। फिर भी गाते रहता है। धीरे-धीरे गाना बन्द होता है। मालिक मुनि की ओर देखता है।)

मुनि : मैंने आपका मेसेज पहुँचाया!

(खामोशी।)

मालिक : मि. गो.म. गोमकाळे

गोविन्दा : (*दबी आवाज़ में*) जी! (*आवाज़ चढ़ाकर*) क्या है?

मालिक : श्रीमती गोमकाळे!

कमल : मैं ही हूँ।

मालिक : इस देश में अब भी निजी सम्पत्ति का अपना सुरक्षित स्थान है!

गोविन्दा : तो?

मालिक : यहाँ कम्युनिज़्म आएगा ऐसे आज तो कोई आसार नहीं नज़र आते।

कमल : न आये!

मालिक : जगह का राष्ट्रीयकरण सम्भव नहीं!

गोविन्दा : न होगा!

मालिक : यदि हुआ भी तो जगहें सरकार की होंगी। न कि आपकी।

कमल : हाँ हम बीच-बीच में अखबार पढ़ते हैं।

मालिक : मूलतः यह इमारत उन्नीस सौ सैंतालीस में बरजोर शेर आरदेसर गांजावाला नाम के रद्दी के थोक व्यापारी ने बाँधी!

(रुकता है!)

कमल : रुक क्यों गये?

मालिक : मुझे लगा आपको कुछ कहना होगा! (*रुककर*) हाँ तो... यह इमारत बरजोरशेर आरदेसर इरानी...

कमल : गलत! गांजावाला...आप ही ने कहा...

मालिक : हाँ वह इरानी था!

कमल : पारसी भी हो सकता है!

मालिक : इरानी ही था।

कमल : बिल्कुल ठीक! वैसे ही यह जगह हमारी है!

मालिक : (*झुँझलाकर*) मेरी बात सुन भी लोगे?

कमल : सुनने लायक होगी तो सुन लेंगे। (*गोविन्दा से*) आप भी कुछ कहिए न! मैं अकेली ही बोले जा रही हूँ।

मालिक : (*आँखें मूँदकर संतुलित होने की चेष्टा करते हुए*) हाँ तो गांजावाला—रद्दी के व्यापारी की...इरानी की—यह इमारत भले ही सैंतालीस में बाँधी गयी हो उसने सोनावाला पारसी को बेच दी! पैसे खत्म होने के कारण। और सोनावाला पारसी ने इस इमारत में का हर ब्लॉक पचास हजार रुपये में ओनरशिप के तहत बेचा!

गोविन्दा : यानी इन्सानियत नहीं बेची! (*कमा से*) देखा कैसे कहा!

मालिक : (*संयम से*) उन्हीं में से एक ब्लॉक मैंने पचास हजार रुपयों में खरीदा।

गोविन्दा : आगे कहिए। यह सब हम जानते हैं।

मालिक : वही यह ब्लॉक! इस कमरे के साथ!

कमल : इस कमरे का किराया हम देते हैं। वह भी एडवान्स! इसका मतलब यह कमरा हमारा हो गया है। है न चन्दर?

चन्दर : और नहीं तो क्या!

मालिक : किराये की रसीद आपके पास नहीं है!

कमल : नहीं होगी! लेकिन दो महीनों से हम यहाँ रहते हैं। हमारा सामान है। और हमें किसी ने मुफ्त में तो यहाँ रखा नहीं है न? यह बात कोई भी बताएगा! हमारे पक्ष में। क्यों चन्दर!

चन्दर : बिल्कुल सही!

मालिक : जगह देने के पहले मैंने नौ शर्तें रखी थीं।

कमल : जानते हैं। शर्त क्या तो बच्चा होने न देना! इससे तो अच्छा था कि आप शर्त रख देते—साँस लेना ही मना है। (*चन्दर से*) अजीब है

आदमी भी। मौका क्या मिला किसी की जिन्दगी ही तबाह करने चल पड़ा।

मालिक : (*गुस्से में*) मेरा–मुझे गुस्सा मत दिलाना!

कमल : यहाँ किसे पड़ी है। आप ही मुनि के पास अनाप-शनाप बकते थे...

मालिक : (*चीखकर*) मुझे बोलने दीजिए।

(दोनों चुप मेरी शर्तों में से आठ शर्तें आपने ठुकरायी हैं और बाद वाली दसवीं शर्त भी!)

कमल : तो क्या जंगल में रहने जैसा अकेले रहें?

मालिक : आपने स्वीकारा था! आपका कर्तव्य था!

कमल : चोरी-छुपे न झाँकना दूसरे के घर में यह भी आपका कर्तव्य था! ऐसा आपने पहले बताया था क्या कि मैं दूसरों के घर में झाँककर देखता हूँ? फिर क्यों देखा? आपने मर्यादा लाँघी है।

गोविन्दा : नियम भंग किया है।

कमल : वही कहना था मुझे।

मालिक : शेष नौवीं शर्त। देखता हूँ कैसे पूरी नहीं होती! वह रहा दरवाजा! जगह खाली कीजिए!

गोविन्दा : हमने शर्तें ठुकरायीं यानी आपको पता चलने जैसा थोड़ी कुछ किया।

मालिक : आपने मेरी आँखों में धूल झोंकने की कोशिश की। लेकिन मैं क्या कच्चे गुरु का चेला हूँ? या बच्चा समझ रखा था आपने मुझे?

कमल : हमें आप सज्जन, सीधे लगे। लेकिन आपने तो घटिया काम किया।

मालिक : और मुझे धोखा देने के लिए ये-ये सब किसने किया? यह बन्दर, यह बत्ती...वह घंटी...वह कम्पास?

कमल : वह सब चन्दर ने किया!

चन्दर : (*हड़बड़ाकर*) यानी इन्होंने कहा इसलिए मैंने किया। मेरी क्या गलती?

मालिक : महा होशियार हैं आप! अक्ल के खजाने भरे हैं आपके दिमाग में। क्या लगा आपको इन बातों से आप हमेशा मालिक को चकमा देंगे?

गोविन्दा : नहीं, बिल्कुल नहीं। हमने सोचा जितने दिन निभेंगे, निभेंगे! हमेशा थोड़े ही कोई किसी को धोखा दे सकता है। और हम करते भी क्या? हमें जगह जो चाहिए थी!

मालिक : और इन करतूतों से आप फिर बेघर हो गये हैं। सभ्य लोगो अब चुपचाप चौबीस घंटे के भीतर यहाँ से चले जाइए वरना सामान के साथ बाहर फेंक दूँगा! (*दोनों डरे हुए*) मुझमें इन्सानियत नहीं है और वह

हो इसकी आवश्यकता भी नहीं है! इसी इन्सानियत के कारण मैंने अक्सर ठोकरें खायी हैं।

कमल : इसमें हमारा क्या दोष?

मालिक : कोई कुछ नहीं करता! अपेक्षा भी नहीं है! हृदय के ज़ख्मों को ऐसे ही रहने दो! इन्सानों के साथ—बीच में रहने की इच्छा जाग्रत हुई थी और अब की बार भी ठोकर खायी—धोखेबाज, पाशवी, एहसान फरामोश दुनिया से!

गोविन्दा : यानी हम पशु? क्रूर?

कमल : देखिए तो! मेरी सहेलियाँ मुझे दयालु, स्नेहमयी कहती हैं!

गोविन्दा : मेरे पिताजी मुझे मासूम कहते थे!

कमल : और ये हमें क्रूर, अधम कह रहे हैं। इनकी पशुता की हद नहीं!

मालिक : मैं बहस में पड़ना नहीं चाहता!

गोविन्दा : तो क्या आप जो कहें वह सभी लोग सुन लेंगे चुपचाप?

मालिक : हाँ मेरे घर में यही कानून चलता है!

कमल : तो आप किरायेदार के रूप में भेड़-बकरियाँ रखें।

मालिक : हाँ। गलती हुई! मैंने बन्दर रखे। अब गलती सुधारूँगा। उठाइए अपना सामान और चलते बनिए! वरना...

(दोनों डरकर एक-दूसरे को देखते हैं।)

कमल : अब?

गोविन्दा : मुश्किल है! सुनिए—चाहे तो अब...

मालिक : अब नहीं और तब नहीं। मुझे कुछ नहीं सुनना है!

कमल : गलतियाँ तो सबसे होती हैं।

मालिक : उठाइए सामान!

गोविन्दा : एक बार! बस एक बार मौका दीजिए...

मालिक : जल्दी कीजिए...

कमल : आप कहते हैं तो चले जाते हैं, लेकिन एक बार हम वादा करते हैं।

मालिक : मुझे यह जगह खाली चाहिए!

कमल : हम कोई अमीर या 'वजनवाले' नहीं हैं कि यहाँ से निकलें और नयी जगह में जा बसें!

मालिक : इससे मुझे क्या लेना-देना? चाहे तो फुटपाथ पर रहिए!

कमल : यह कहना आसान है लेकिन...

मालिक : मैं कुछ सुनना नहीं चाहता। चलिए हटाइए सामान...इसी वक्त अभी।

कमल : रहे भी होते कहीं! कैसे भी! लेकिन अभी मेरी हालत यह सब करने की नहीं है!

मालिक : मुझे इससे कुछ लेना-देना नहीं है। सामान हटाइए। समय मत बरबाद करना!

(गोविन्दा, कमल, चन्दर हारे हुए एक-दूसरे को देखते हैं।)

कमल : जगह मिली इसीलिए यह सब...गृहस्थी सजायी मन से...लगन से...

गोविन्दा : कई चीज़ों की तो अभी किश्तें भी बाकी हैं।

मालिक : वह मेरी जिम्मेदारी नहीं है!

कमल : अब इन चीज़ों को कहाँ रखेंगे?

मालिक : सिर पर रखिए या जला दीजिए या बाँट दीजिए या फेंक दीजिए।

गोविन्दा : सुनने में भी कष्ट हो रहा है

मालिक : करते हुए कष्ट नहीं हुआ? वैसे भी आपने सहा ही क्या है? मुझे किसी के कष्टों से कुछ लेना-देना नहीं है। चलिए। हटिए। यह गुड्डा-गुड्डी की गृहस्थी हटाइए!

मुनि : मालिक...

मालिक : हृदय के हाथों सौंपकर अपने आपको जी नहीं सकते इस दुनिया में। यही सच है। यही ठोकर बार-बार लगती है! अब इस पाठ को आत्मसात करना ही होगा! आचरण में लाना ही होगा! मिस्टर मुनि अक्ल बार-बार गिरवी नहीं रखी जाती! या हाथ भी नहीं पसारती! समय रहते ही बचाना पड़ता है अपने आपको! और आप दोनों! अब किस बात का इन्तज़ार है? मेरे मन परिवर्तन का? वह असम्भव है। मैंने पक्का तय किया है। समेटिए अपनी गृहस्थी और चलते बनिए! मेरा अन्त मत देखिए। कहा न! ठीक है। मैं ही सामान बाहर फेंकता हूँ। आपके प्रस्थान का शुभारम्भ। लीजिए! आपके ये चार तिनकें बिखरने में मुझे ना कोई कष्ट है और न हीं बोझ!

(सामान फेंकता है। काँच की गुलदानी टूटती है। पल के लिए शान्ति! चन्दर मुट्ठियाँ भींचता है। गोविन्दा काँपता है। कमल तनी हुई!)

कमल : (*शान्त स्वर में।*) हो गया समाधान? मिला चैन? दिल में ठंडक हुई? मेरी गुलदानी तोड़ी न आखिर? आप क्या जानें यह मेरे लिए क्या मायने रखती थी! आप सोच भी नहीं सकते! बहुत कीमती थी वह मेरे लिए! मेरा प्राण थी! आपने मेरे प्राण छीने हैं! (*गोविन्दा उसके पास*

आकर उसे धीरज बँधाता है।) मोहन की आखिरी याद थी वह! उसने दी थी। मोहन पता है वह कहाँ है? वह कहीं नहीं है। इस दुनिया में ही नहीं है। यक्ष्मा था उसे। इलाज धरे के धरे रह गये। कितना तरो ताज़ा उम्दा था। लेकिन नियति ले गयी उसे! *(फूलदानी के टुकड़ों के पास बैठती है।)* मुझसे प्रेम करता था। मैं भी। मैंने इतना प्रेम किसी से नहीं किया। अपने आपसे भी नहीं। जब उसे पता चला कि उसे टी.बी हुआ है तो उसने मुझे बुला लिया और कहा—मैं किसी और से शादी कर लूँ। कहते गया—मुझे भूल जाओ। अच्छी गृहस्थी बसाओ। मुझे भूल जाओ। *(रोने लगती है।)* सुख से रहो क्योंकि उसी में स्वस्थ जीवन है और जीवन की सार्थकता! उसने ज़िद की। मेरा सिर खाता रहा! आखिर मैंने मन पर पत्थर रखा और इन्हें चुना। इन्हें सब कुछ बताया! गोविन्दा ने धोखा खाया था प्रेम में। उसने मुझे स्वीकारा! मेरी शादी में मोहन ने यह भेंट भेजी थी! यह फूलदानी!

गोविन्दा : *(शान्ति भंग कर)* मालिक, कल सुबह चले जाते हैं हम आपकी जगह छोड़कर!

मालिक : *(सिसकते हुए)* नहीं। मत जाइए। जब तक चाहेंगे रहिए यहाँ! मुझे कुछ नहीं चाहिए।

(गोविन्दा-कमल झट्‌ से खुश होकर एक-दूसरे के गले लगते हैं। मालिक शोक रोक नहीं सकता! वे दोनों एक-दूसरे के आँसू पोंछते हैं।)

मालिक : साला, क्या जीना है! कुत्ते का जीना इससे तो अच्छा है, जनम ही न ले! कितने ज़ख़्म! कोई सुखी नहीं। सारे बदकिस्मत! सब बेकार है। **(जाने लगते हैं! वह जाने लगता है और दरवाज़े में से भीतर भागी आती हुई मोटी औरत से टकराहट होती है। औरत अपने हाथ का बैग बीच में पकड़ती है। और भीतर आते हुए)**

मौसी : कमल, कमा कहाँ हो?

कमल : *(अचरज से)* मौसी!

मौसी : हाँ! ऐसी देख क्या रही हो। मैं तुम्हारी वृंदा मौसी हूँ। सर्कस में की मिस जोबन-आरा। वर्ल्ड फेमस ट्रॅपीज प्लेअर! अटेंशन! लुक! टेक केअर! हिअर कम्स अवर लेडी ऑन अरोप-ए लाइव रोप। ट्रिकडा... डा...डा...डा *(अपने सर्कस के रोल की नकल करते हुए मालिक और सभी को झुककर 'बो' करती है।)*

कमल : लेकिन तुम यहाँ कैसे?

मौसी : कैसे यानी? हमारी दि ग्रेट मैजेस्टिक सर्कस बन्द हुई! बाघ-सिंह पाल नहीं सकते! भूखे जानवरों के सामने खुद को डालने की नौबत आयी हम पर। फिर सबने सोचा सर्कस काफी हुई। कहीं और जाएँ! सोचा और चली आयी तुम्हारे पास! तुमने नयी जगह ली है—सुना था। सोचा, चलो जाकर देख आऊँ! वैसे भी मैं शादी में तुम्हारे आ नहीं पायी थी। (*चन्दर को देखकर*) ये कौन तुम्हारा पति?

कमल : (*सकुचाकर*) नहीं। यह चन्दर है मेरे हसबैंड का चचेरा भाई! और ये मिस्टर!

मौसी : नमस्ते (*चन्दर से*) ये अच्छे लग रहे हैं। (*चन्दर लजाता है।*) (*मालिक को देखकर*) और ये कौन?

कमल : (*आँखें पोंछती हुई*) ये मालिक! बहुत अच्छे हैं। देव मानुष!

मौसी : बीमार शेर की तरह दिख रहे हैं। मैं इनके बदन पर गिरनेवाली थी! बच गयी! (*मुनि की ओर देखती है।*) ये?

मुनि : मैं मुनि। नमस्ते!

मौसी : नमस्ते नारद मुनि!

कमल : नहीं! नारायण जी द मुनि

मौसी : हाँ हाँ। लेकिन आप सब कर क्या रहे थे? ये काँच कैसे? क्या टूटा? हुआ, कमा क्या है यह सब?

कमल : मौसी कैसे कहूँ! यानी उसका ऐसा था कि हमारी सर्कस का मुकाम यहाँ से हटनेवाला था...आज!

गोविन्दा : लोगों के आग्रह पर अन्तिम खेल...

(शान्ति)

मौसी : (*चारों तरफ देखकर*) यानी जगह छोड़ रहे हैं आप लोग?

कमल : अब नहीं।

मौसी : तो जुगाली करनेवाले ऊँट की तरह खड़े क्यों हैं आप? अगले खेल की तैयारी कीजिए। अटेंशन। लुक! टेक केअर। हिअर कम्स अवर लेडी ऑन अ रोप-ए लाइव रोप-ट्रिक-उ-उ...डा...डा...

(मालिक को गुदगुदी करती है। वे हिनहिनाते हैं। हँसने से रुकते हैं तो मौसी पुनः उन्हें गुदगुदाती है। बाकी सब मज़ा ले रहे हैं! चन्दर जोर-जोर से हँसता है। ज़मीन पर लेटता है।)

(पर्दा)

तृतीय अंक

[पर्दा ऊपर उठता है। पहला ही सीन। सिर्फ पहलेवाला पार्टीशन नहीं है। इसीलिए कमरा बड़ा दिखता है। रंग-बिरंगी जपनी मालाएँ, फूल आदि से सजाया गया है। चन्दर वायर्स के साथ काम कर रहा है। एक वायर दूसरी से जोड़ता है और आवाज़ आती है–'नमस्ते मेहमानो! आज हमारे नन्हे चिमाजी का नामकरण है! आप आयें। धन्यवाद! कुर्रर...!, इलेक्ट्रिशियन की सहजता से सब कर रहा है। आकाशवाणी बीच में ही बन्द होती है। फिर कुछ करने पर सुनाई देती है। 'सब हुआ' के सन्तोष से चन्दर ज़मीन पर बिखरी चीज़ें समेटता है। हाथ झटकता है। कमरे में नज़र दौड़ा है। निहारता रहता है।

दरवाज़ा खुलता है। हाथ में बड़े-से दो पार्सल लिये मालिक खड़े हैं। पसीने में तर-बतर। दहलीज के भीतर पायदान पर पैर रखते हैं...और आकाशवाणी सुनाई देती है। 'कुर्रर...नमस्ते...सुस्वागतम्...।' मालिक इधर-उधर देखते हैं। इतने में ऊपर से जूतों की वर्षा! वे गुस्से में कोच पर आकर बैठना चाहते हैं कि राष्ट्रगीत बजने लगता है! वे झट से उठते हैं! राष्ट्रगीत बन्द हो जाता है। वे अजीब-सी नज़रों से देखते हैं। भीतर से चन्दर आकर खड़ा रहता है!]

चन्दर : आप आये?

मालिक : तो?

चन्दर : तो कुछ नहीं! मुझे लगा कौन आया! मैं चिमाजी के पास बैठा था!

मालिक : मेरे सिर पर जूते पड़े!

चन्दर : हाँ क्या! उफ! (*हँसता है!*) हाँ हाँ वहाँ फूल रखने हैं। ट्रायल ले रहा था। गलती से जूते वहीं रह गये।

मालिक : लेकिन मेरे सिर पर पड़े न!

चन्दर : समझा! ऊपर रखे जूते सिर पर ही पड़ेंगे न! दरवाज़े में आते ही पहले स्वागत की आकाशवाणी—फिर फूलों की वर्षा...

मालिक : और इस कोच में क्या है?

चन्दर : क्या है? स्प्रिंग्ज होंगी! चुभी क्या?

मालिक : स्प्रिंग नहीं। राष्ट्रगीत हैं!

चन्दर : आं? (*हँसकर*) वहाँ नहीं है। आपने गलती से नीचे रखी वायर पर पैर रखा होगा! आज के समारोह के लिए खास व्यवस्था! राष्ट्रगीत! चाहिए ही! अब थोड़ा ही काम बचा है! फिर कम्प्लीट!

मालिक : जहाँ वायर नहीं है ऐसी कोई जगह दिखाओ!

चन्दर : किसलिए?

मालिक : बैठने के लिए! पूरा बदन दुख रहा है।

चन्दर : बैठिए वहाँ! क्यों मारपीट कर आये हैं?

मालिक : मौसी के साथ शॉपिंग की है। देख नहीं रहे हो? (*पार्सल दिखाता है।*) आज हमारे चिमाजी का नामकरण है न!

चन्दर : और मौसी कहाँ है?

मालिक : मार्केट में।

चन्दर : यानी? अभी भी शॉपिंग चल रही है?

मालिक : नहीं! हाँ...नहीं नहीं! शॉपिंग हो गयी। वे गुंडागर्दी में समझाने चली गयी हैं।

चन्दर : क्या? गुंडों के बीच?

मालिक : उसमें अचरज क्या? कहीं झगड़ा-फसाद देखा कि मौसी फुर्तीली बन जाती हैं और चल देती हैं वहाँ शान्ति प्रस्थापित करने! अब यह बात नयी थोड़ी है! मार्केट में दो 'दादा' गुटों में मारामारी चल रही थी। सोडा वॉटर की बोतलें! लाठियाँ! एक-दो चक्कू भी। उफ्! जाने दो! अपना चिमाजी क्या कर रहा है?

चन्दर : पर आप इतने भारी युद्ध में मौसी को अकेले छोड़ आये?

मालिक : झट् से! तनिक भी न सोचते हुए! पीछे मुड़कर तक नहीं देखा! सीधा दौड़ा तो यहीं आकर रुका! चिमाजी क्या कर रहा है?

चन्दर : लेकिन मौसी का कुछ...

मालिक : उनका क्या? वे सही सलामत हैं। मारामारी देखते ही मौसी तीर-सी दौड़ीं। बगल में बैठी झपकी निकालती पुलिस के हाथों शॉपिंग के पैकेट सौंपकर जो भीड़ में घुसीं वे...कि...आती ही होंगी इतने में...

चन्दर : आपको फिक्र नहीं हो रही है?

मालिक : यहाँ पहुँचने तक हो रही थी! अब किसकी फिक्र करूँ?

चन्दर : वाह! मतलबी कहीं के!

मालिक : तो क्या उन 'दादा' लोगों की फिक्र करता?

चन्दर : मौसी की...

मालिक : उनको कुछ नहीं होगा! चन्दर जी मैं कहता हूँ। सभी अर्थों से जबरदस्त महिला हैं वे! फिक्र तुम्हारी-हमारी करनी चाहिए! सच कहता हूँ उनके सामने हम अबला हैं। अमेरिका हिरोशिमा पर एटमबम की जगह मौसी को डालता तो भी वही होता! युद्ध ही समाप्त होता! चिमाजी क्या कर रहा है?

चन्दर : सो रहा है!

मालिक : गोविन्दा जी और कमा आमन्त्रण देने सुबह ही चल दिये थे। अभी तक नहीं लौटे?

चन्दर : नहीं! (*उदास होकर*) और आमन्त्रण भी तो ज्यादा ही थे! कल तक मामूली लोगों को आमन्त्रण दिये गये! अब आज खास लोगों को! उनमें कौन-कौन हैं यह पूछने की अपेक्षा यह पूछिए कि कौन नहीं है। मुम्बई के गवर्नर, प्रधानमन्त्री, अन्य मन्त्री-उप-मन्त्री, विधि मंडल के स्पीकर, डेप्युटी स्पीकर, सरकार पक्ष के सभी, विरोधी पक्ष के सभी, कार्पोरेटर्स, विविध दलों के लीडर, पक्ष त्याग किये लीडर...

मालिक : क्या कह रहे हो?

चन्दर : रुकिए। अभी खत्म नहीं हुए नाम! समाचारपत्र, मैगज़ीन के भूतपूर्व, वर्तमान सम्पादक, सिनेमा के हीरो-हीरोइन, नाटकवाले, नाटक से सिनेमा में जानेवाले हीरो-हीरोइन, सिनेमा से नाटक में आनेवाले हीरो-हीरोइन, निर्देशक, निर्माता, व्यवस्थापक, सहायक निर्माता, हीरोइन के पति, हीरो की वधुएँ, बिना पति की अभिनेत्रियाँ, हीरोइन के बगैर वाले पति...

मालिक : (*खुश होकर*) भरोसा नहीं होता!

चन्दर : फिर बैठे रहिए। शाम को कारें, पर्सनल असिस्टेंट, सेक्रेटरी कतार लगाएँगे तो मान जाएँगे! मैंने और कमा ने कल ही तो लिस्ट बनायी है!

मालिक : (*आँखें नम*) होगा यही! अपने चिमाजी के कारण यह सब हुआ! उसका नामकरण और किस्मत हमारी खुलेगी। है न? हमारा अहोभाग्य!

चन्दर : लेकिन रो क्यों रहे हैं आप? मौसी ने रोने पर पाबन्दी लगायी है न?

मालिक : हाँ, लेकिन ये आनन्दाश्रु हैं।

चन्दर : फिर ठीक है! ऐसा रोएँगे तब बताते जाइए! (*हँसता है*) मौसी मुझे बेहद पसन्द हैं। उन्होंने आते ही कितना बदल दिया यहाँ का माहौल!

(मालिक रूठे हुए)

अब क्या हुआ? मैं मौसी की प्रशंसा करने लगता हूँ तो आप रूठ क्यों जाते हैं?

मालिक : मुझे पसन्द नहीं!

चन्दर : क्या पसन्द नहीं! मौसी की तारीफ?

मालिक : हाँ!

चन्दर : यानी मन में मौसी अच्छी नहीं लगतीं आपको?

मालिक : पेट में चूहे दौड़ रहे हों तो व्यंजनों की प्रशंसा क्यों नहीं अच्छी लगती?

चन्दर : आं? यानी? मौसी अच्छी नहीं?

मालिक : मैंने कब ऐसा कहा?

चन्दर : फिर उनकी तारीफ?

मालिक : भूखे पेट भजन नहीं होत गोपाला...मैं...मैं आया...

चन्दर : कहाँ चले आप?

मालिक : चिमाजी को देखता हूँ!

(चन्दर आह भरता है। मालिक डरे-सहमे आकर खड़े रहते हैं।)

चन्दर : क्यों आप?

मालिक : मौसी को मत बताना...यह कहने आया...

चन्दर : क्या?

मालिक : वहीं मैंने उन्हें व्यंजन कहा...

चन्दर : क्यों? यह गाली थोड़ी है? खाने की चीज़ तो है। (*समझता है।*) मालिक...आप...

(खामोश...फिर लोट-पोट होता है! हँसते-हँसते)

मालिक : (*खिसियाना-सा*) इतना कुछ नहीं था हँसने लायक?

चन्दर : (*हँसी रोककर*) क्लिप्टन वेब की याद आयी मुझे! उसके 'सिटिंग प्रेटी' सिनेमा में...

मालिक : और हाँ! मौसी ने आपको भी मना किया है सिनेमा के जोक्स कहने के लिए। याद है?

चन्दर : मान लिया! (*सीटी बजाता है।*) उतना बस बुरा हुआ! तकलीफ होती

है। पता है जब मुझसे रहा नहीं जाता तब मैं क्या करता हूँ! मुँह में टॉवेल ठूँसकर बैठ जाता हूँ। 'हिज मास्टर्स वाइस' के ट्रेडमार्क-सा! जाने दो!

(भीतर जाता है। मालिक अकेले! मासूम चेहरे से बैठे हैं। फिर चिन्ता ग्रस्त! यहाँ-वहाँ देखकर खुश होते हैं। जल्दी-जल्दी स्टूल दरवाज़े के पास रखते हैं। वहाँ पड़े जूते उठाते हैं। सिर खुजलाकर स्क्रूड्राइवर, हथौड़ा, कीलें, वायर, कार्डबोर्ड आदि चीज़ें उठाते हैं। स्टूल पर चढ़ एड़ियों पर खड़े हाथ उठाकर जगह ढूँढ़कर सारा सामान ऊपर रख देते हैं। कोच पर बैठते हैं। फिर स्टूल वहाँ से हटाकर पहली वाली जगह पर रख देते हैं। बैठ जाते हैं और दरवाज़े की ओर प्यार से देखते रहते हैं। आँखें मूँदकर। आराम से।)

मालिक : (*मूँदी हुई आँखें।*) भूखा पेट... व्यंजन... प्रशंसा क्यों नहीं भाती? व्यंजन... खाने की चीज़...मौसी...लड्डू...

(सो जाते हैं। दरवाज़ा खुलता है। दोनों हाथों में पार्सल इतने अधिक कि सँभालना मुश्किल—ऐसी हालत में पुलिस भीतर आकर खड़ी हो जाती है। आवाज़—नमस्ते! आज हमारे नन्हें चिमाजी के नामकरण समारोह में आप आये...खुशी हुई! सुस्वागतम्! और स्क्रूड्राइवर, वायर आदि गिरने लगता है। छाता और जूते भी! पुलिस अपनी रक्षा करती हुई। मौसी दरवाज़े से भीतर)।

मौसी : क्या? क्या है यह?

(चन्दर भीतर से आता है।)

पुलिस : राम जाने! ये रहे आपके पैकेट्स! राम राम!

मौसी : लेकिन चाय तो लेते जाइए! इतनी देर मेरा सामान सँभाला! ठहरिए—मैं चाय...

पुलिस : (*डरकर*) नहीं चाहिए! इतना फेंका हम पर उतना काफी है। सिर नहीं फूटा यही किस्मत हमारी! यहाँ मर गया तो कोई मुझे परमवीर चक्र नहीं देगा! सँभालो अपनी चीजें! (*स्टार्ट लेकर लाँग जम्प मारकर दरवाज़े के बाहर जाता है।*)!

चन्दर : (*पैकेट्स उठाते हुए*) पागल है। ऐसा क्यों किया उसने?

मौसी : मैं क्या जानूँ? मेरे आगे-आगे ही आया था वह यहाँ! यह क्या? ये स्क्रू ड्राइवर, कीलें, वायर (*गुस्से में*) क्यों चन्दर जी?

चन्दर : (*सिर खुजलाता है।*) मैंने तो सब इकट्ठा कर रखा था काम होते ही...

मौसी : ये कब पहुँचे इधर? सब पैकेट्स लाये हैं न!

चन्दर : हाँ उनके हाथों में दिखे तो थे! मुझसे कहाँ कि आप मारामारी निबटाने गयी हैं! वह भी 'दादा' लोगों की...सोडावॉटर की बोतल में... लाठियाँ...चक्कू भी...

(मौसी का पाँव गलती से वायर पर आता है। राष्ट्रगीत बजने लगता है। मालिक हड़बड़ाकर उठते हैं)

मालिक : (*चन्दर से*) मेरी है!

(चेत जाते हैं। मौसी को देखकर कपड़े ठीक-ठाक करने लगते हैं—बेबस चेहरा...)

चन्दर : जाग गये?

मालिक : (*दीन स्वर में*) हाँ...यानी झपकी आयी...

चन्दर : देखिए मौसी! अपने चिमाजी का नामकरण समारोह! और ये सोये हैं घोड़े बेचकर...

मालिक : तो क्या हुआ? इस उम्र में...

चन्दर : उम्र? अभी तो सत्रह बरस के जैसे ऊधम मचा रहे थे। साला, काम का अम्बार पड़ा है! बाल्कनी सजाने को बाकी है। वहाँ कुर्सियाँ, टेबल सजाने हैं। अभी तक कॉन्ट्रेक्टर नहीं आया! पता नहीं गोविन्दा ने आइसक्रीम की क्या व्यवस्था की है? बैंडवालों को एडवांस देना है! चिमाजी की फोटो का एनलार्जमेंट उस फ्रेमवाले के पास से लाना है... मैं बस चिमाजी को देखने क्या गया कि ये पहुँचे...

मालिक : मैं... (*दरवाज़े के ऊपर देखते हैं। फिर मौसी की ओर...*)

मौसी : क्या हुआ?

मालिक : अं-कुछ नहीं! (*फिर देखने लगते हैं।*)

चन्दर : पकड़ा गया चोर! (*मौसी-मालिक दोनों उसकी आवाज़ से लुढ़कते-लुढ़कते बच जाते हैं।*) मैं बताता हूँ मौसी! ये-ये सारी चीज़ें...यहाँ क्यों बिखरी पड़ी हैं...यह इन्हीं जनाब का उपक्रम है। (*मालिक बच्चे-से डरते हैं*) ये सब मौसी के सिर पर गिरे इसलिए वहाँ रखा था न आपने? देखिए! कैसे पहचाना मैंने! देखा मौसी! भोले-भाले दिखनेवाले कितने महाचालू होते हैं। अहाहा! चेहरा कैसा मासूम रखा था! इनकी आयु देखिए।

और आप हमेशा मुझे ही डाँटती रहती हैं। इनकी करतूत और चीज़ें गिरी बेचारे कानून के रखवाले के सिर पर! बेचारा! मौसी की मदद करने आया था!

(मालिक चुप!)

मौसी : क्यों मेरा सिर फोड़ने की सोच रहे थे?

मालिक : इनका आइडिया? इनसे कहिए!

चन्दर : मेरा आइडिया मेहमानों पर पुष्पवर्षा करने का है, मौसी के सिर पर स्क्रू-ड्राइवर गिराने का नहीं!

मालिक : तो मेरे सिर पर जूते कैसे गिरे?

चन्दर : बोला न गलती से गिरे। ट्रायल चल रहा था! और वैसे भी जूते और स्क्रूड्राइवर में अन्तर है! मौसी, आज सुबह की बात ही देखिए...

मालिक : यूँ मौसी के कान मत भरना!

चन्दर : क्यों न बताऊँ? बताऊँगा ही!

मालिक : बताइए। लेकिन यह आखिरी बात—सुबह की जो बताने जा रहे हैं...

चन्दर : आज सुबह की ही बात (*याद आते ही।*) अच्छा वह रहने दीजिए! अभी की बात लीजिए...अभी इन्होंने...

मालिक : मना कर रहा हूँ न!

चन्दर : क्यों न बताऊँ?

मालिक : मत बताना!

चन्दर : मौसी इन्होंने आपको व्यंजन कहा!

(मालिक सहमे से खड़े)

मौसी : व्यंजन? (*सोचकर*) तो उसमें क्या हुआ? मैं तो मज़ाक से उन्हें रीछ, भालू, घोड़ा, गधा भी कहती हूँ!

मालिक : हुआ सन्तोष?

चन्दर : लेकिन मौसी रीछ, भालू, घोड़ा, गधा थोड़े ही...

मालिक : अब कुछ नहीं सुनना है...

चन्दर : क्यों नहीं। सुनना पड़ेगा ही! मौसी रीछ, भालू...ये खाने की चीज़ें नहीं हैं!

मौसी : हाँ तो?

चन्दर : मालिक ने आपको व्यंजन कहा।

मौसी : (*समझकर*) हाँ! खाने की...चीज़...फिर से कहेंगे?

मालिक : (*डरकर*) नहीं कहूँगा!

मौसी : तो क्या कहेंगे? (*उन्हें कॉर्नर करती हैं।*)

मालिक : मौसी!

मौसी : सिर पर गिराने के लिए छाता, हथौड़ा रखेंगे?

मालिक : नहीं नहीं! गलती हो गयी। क्षमा कीजिए!

मौसी : तो क्या रखोगे?

मालिक : जूते!...नहीं नहीं! फिर गलती की! फूल रखूँगा—फूल।

मौसी : चन्दर, मैंने उन्हें छोड़ दिया।

चन्दर : हर वक्त उन्हें छोड़ ही दीजिए! जानता हूँ मौसी! अच्छी तरह से जानता हूँ।

मौसी : और तुम्हारे चुगली करने की गलती की सज़ा यह है कि सारे पैकेट्स भीतर रखो...

चन्दर : खोलकर देखने की इजाजत है?

मौसी : हाँ! चिमाजी के लिए है। वह सोया है न?

चन्दर : हाँ! (*सामान लेकर भीतर जाता है। मौसी कमरे में चक्कर काटती है! उनके पीछे मालिक!*)

मालिक : (*बेचैनी से*) मैं...मैं क्या करूँ? यहाँ (*कोच पर*) यहाँ बैठ सकता हूँ?

मौसी : बैठिए! चिमाजी कैसा है? (*मालिक का चेहरा उदास*) आप हँसते क्यों नहीं? हँसने से डरनेवाले लोग मुझे बिल्कुल पसन्द नहीं आते! कुढ़ते हुए, रोते, बिलखते रहकर घुट-घुट कर मर जाने से तो अच्छा है कि हँसते-हँसते साँस फुलाकर मर जाय!

मालिक : दोनों बुरी स्थितियाँ हैं! मैं आजकल जीना चाह रहा हूँ!

मौसी : क्यों भला?

मालिक : (*उनकी ओर देखकर*) चिमाजी की किरपा है! चिमाजी के कारण मुझ जैसा डरपोक, सनकी, अमानुष मानव इन्सान बना है! मनुष्य अच्छे लगने लगे हैं मुझे! अब कहीं जाने की इच्छा नहीं होती! अब तो यहाँ बड़े-बड़े लोग आनेवाले हैं! इस बात की मुझे इतनी ख़ुशी हुई कि मैं रो पड़ा!

मौसी : रो पड़े?

मालिक : हाँ-हाँ! यानी खुशी के मारे रो पड़ा! कौन बेचारा वह चिमाजी...कहाँ से मेरे घर आया...और घर को नंदनवन बना डाला उसने...

मौसी : उसके सामने सुबह मेंढक की तरह उछल रहे थे न? और इना मिना डिका गा रहे थे?...मुझे पता चला है...

मालिक : हाँ! बचपन...बच्चा! कितना मज़ा है न?

मौसी : यह कहते हुए आपकी आँखों में पानी है!

मालिक : ये आनन्दाश्रु हैं! (*पोंछते हैं।*) सच बच्चे ने कमाल का जादू किया है। मैं... मैं जाता हूँ उसके पास...चिमाजी ऽऽ (*जल्दी में भीतर जाते-जाते रुककर पीछे मुड़कर देखते हैं।*)

मौसी : क्या हुआ?

मालिक : कुछ नहीं... नहीं जाता! (*दीन-से खड़े।*)

मौसी : मैं जानती हूँ! (*मालिक और दीन*) लेकिन ऐसा चलेगा नहीं! बिल्कुल नहीं चलेगा! जाइए भीतर... (*हिम्मत कर*) चिमाजी उठा है न? **(मालिक जल्दी से भीतर जाते हैं। मौसी हल्की-सी मुस्कुराती है। चन्दर बाहर आता है। हाथ में फूलों की टोकरी। फूलों की जगह टोकरी ही ऊपर रखता है।)**

मौसी : इन्सान को हँसते-मुस्कुराते जीना चाहिए! चन्दर, खूब मौज-मस्ती करनी चाहिए। आखिर ज़िन्दगी एक सर्कस ही तो है!

चन्दर : आपको सर्कस ही दिखनेवाली...

मौसी : थ्री रिंग सर्कस! एक रिंग सुख, दूसरी रिंग दुख और तीसरी रिंग में प्रेक्षकों को डरानेवाला मृत्यु का गोल! एक में से दूसरी में, तीसरी में लीलया आते-जाते रहना और अपनी तयशुदा कसरतें करना इतना ही हमारा काम है। मन का बैंड लगातार बजता है। उसका ताल! मन की एकाग्रता! चेहरे पर मुस्कान! बस यही सच है। रुआँसी सूरतों की कसरतें किसी को अच्छी लग सकती हैं क्या? आनन्द देने के अलावा और कोई अच्छा काम है क्या? हाथ छूटने, तोल न सँभल सकने, सहारा हटने, बेहोश होने, इतना ही नहीं, शरीर का रबड़ टूट जाने की स्थिति में भी होठों पर की मुस्कान फीकी नहीं होनी चाहिए! प्रेक्षकों ने 'वाहवा' ही करनी चाहिए। हँसते-हँसते मृत्यु को गले लगाना चाहिए। और तब भी तालियों की गूँज ही होनी चाहिए। सभी को ऐसा ही लगना चाहिए कि यह झूठ-मूठ का मरा है! क्योंकि मरना झूठ ही है! यही सोचें तभी आनन्द मिलता है। ऐसा लगने में ही आनन्द है। दूसरों को हँसाने के अलावा और दूसरा अच्छा काम है क्या कोई?
(कमल-गोविन्दा हँसते-खिलखिलाते आते हैं और दरवाज़े में टकराते हैं।)

चन्दर : (*उन्हें देखकर*) स्टेडी प्लीज! स्टेडी (*टेप बजता है और फूलों की टोकरी*

गोविन्दा के सिर पर गिरती है!) अर्र र!-आय एम सॉरी...देखा मौसी। फूल रखने की जगह मैंने टोकरी ही रखी थी! एक तरह से ठीक ही हुआ। फूल तो बच गये। (*गोविन्दा से*) मेहमानों पर पुष्पवर्षा करने का प्लान है। मेरे ध्यान में ही नहीं रहा...टोकरी, फूल हटाता है। आइडिया कैसा रहा?

गोविन्दा : फाइन! एक्स्ट्रीमली ब्रिलियंट!

मौसी : सुन्दर है न? (*गोविन्दा से*) आनेवाले को एकदम सरप्राइज! है न?

गोविन्दा : (*सिर खुजलाते*) हाँ...

(भीतर से मालिक आते हैं।)

मालिक : (*नकली जोश से*) अरे आमन्त्रण बाँटे न?

गोविन्दा : हाँ हाँ! एक भी नहीं बचा।

कमल : सभी को...

गोविन्दा : तुम ही बताओ...

कमल : नहीं, तुम बताओ...

गोविन्दा : अरी बताओ न...

कमल : कहो न तुम...(*सोचकर*) ठीक है। मैं ही बताती हूँ। चन्दर, मौसी, मालिक क्या है कि...मज़ा आया। बेहद मज़ा आया। यानी बहुत बहुत मज़ा। कमाल का मज़ा...

(सभी चौंक कर देखते हैं।)

गोविन्दा : तुम नहीं कह पा रही हो। ठहरो! मैं ही बताता हूँ। वाह! मज़ा आया! मौसी सुनो तो... मालिक, चन्दर सुन रहे हैं न आप? पहले हमने टैक्सी पकड़ी...यहाँ से नीचे उतरते ही...टैक्सी खटारा निकली! आगे बढ़े ही न। हमने ड्राइवर को गालियाँ दीं! ड्राइवर कहने लगा—धक्का मारना चाहिए! वहाँ तो कोई न था! फिर हम ही नीचे उतरे और दिया धक्का! फिर क्या! फिर जो दौड़ी टैक्सी...उफ्! हम रहे उधर ही! फिर हमने दूसरी टैक्सी ली।... (*मालिक जम्हाई लेते हैं*)

कमल : अब तुम्हें भी कहाँ आ रहा है बतानी? ठहरिए! मैं ही बताती हूँ! यानी कि चन्दर मालिक, मौसी...हम टैक्सी से सीधे पहुँचे 'सहयाद्रि' बंगले पर! वे चाय पीते बैठे थे। अखबार पढ़ रहे थे। उन्होंने हमें बैठने के लिए कहा...वाह! खुद अपने हाथों से चाय बनाकर दी! थोड़ी गप्पें होने पर उन्होंने हमें आने का कारण पूछा! हमने बता दिया हमने यानी मैंने! गोविन्दा तो मानो बुत बन गया था।

गोविन्दा : गलत...! मैं कुछ पल के लिए बोल नहीं पाया।

कमल : मैंने ही मन्त्री महोदय से कहा—चिमाजी के नामकरण पर आना है।

मालिक : फिर?

गोविन्दा : फिर क्या? साहब ने आने का वादा किया।

कमल : कहा कि हम सभी आएँगे!

गोविन्दा : पता है क्या कहा? उनके पोते का नाम भी चिमाजी है!

कमल : फिर हमने उन्हें इतिहास बताया...बाजीराव के भाई का नाम चिमाजी था! वे हँसे। हमारे ज्ञान पर खुश हुए! और तो और कहा कि वेणु जी को भी लेता आऊँगा! वेणुताई उनकी मिसेस!

गोविन्दा : हाँ यह ज़रूर कहा कि किसी से न कहा जाय! वरना पब्लिक चैन से रहने न देगी।

मालिक : वाह! राज्य के मुख्यमन्त्री यहाँ पधारने वाले हैं तो...

मौसी : फिर किसके पास गये?

गोविन्दा : वहाँ से सीधे...राजभवन! राज्यपाल बगीचे में घूम रहे थे! उन्होंने हमें बगीचा दिखाया!

कमल : यह देखिए। उन्होंने मुझे फूल दिये...

गोविन्दा : वे भी खुश हुए! वे आने वाले हैं!

मालिक : वाह! वाह! चिमाजी के नामकरण समारोह में राज्यपाल का भाषण...

कमल : हाँ! और वह ऑल इंडिया रेडियो से ध्वनिक्षेपित भी होगा...

चन्दर : ब्राव्हो! हमारे रेडियो पर सुनाई देगा!

गोविन्दा : पागल हो! राज्यपाल यहीं पर तो भाषण करेंगे। तुझे रेडियो पर सुनने की जरूरत क्या है?

चन्दर : अरे! यह तो मेरे ध्यान में ही नहीं आया! चिमाजी के नामकरण पर किया भाषण—राज्यपाल का—रेडियो पर सुनने के लिए तुम्हें भी अभिमान लगेगा, है न?

कमल : और बड़ी बात यह कि...यह बताना मैं भूल ही गयी...राज्यपाल ने हमसे पूछा और कहाँ-कहाँ जाना है न्योता देने? हमने आधी ही लिस्ट सुनाई कि उन्होंने कहा इतना कर पाएँगे? मैंने कहा—क्यों नहीं? मन में ठान लेंगे तो सब कुछ होता है! राज्यपाल बेहद खुश हुए। बोले—देश को आप जैसे लोगों की ही ज़रूरत है! बाकी जगहों पर जाने के लिए आप मेरा हेलिकॉप्टर ले जाइए! और दिया भी।

चन्दर : वाह! हेलिकॉप्टर! वह पंखेवाला! वाह!

कमल : उन्हें किसी देश ने प्रेजेंट दिया है! गोविन्दा किस देश ने रे?

गोविन्दा : क्या पता? अब देश का नाम तो याद नहीं, लेकिन फिलहाल—इतने में ही मिला है! हम बाकी जगह हेलिकॉप्टर से ही गये...लोग तो हमें देखकर अचरज करते थे...

कमल : क्योंकि हम गेट में से नहीं टेरेस पर उतरकर जाते थे न! मज़ा आया! है न?

गोविन्दा : हाँ शुरू-शुरू में डर लगा। लगता था कि गिर तो नहीं जाएँगे?

कमल : मैं मज़े में थी। क्योंकि मैं लगातार आसमान की ओर देख रही थी! हाँ तो वहाँ से हम सभी मन्त्रियों के घर गये—एक-एक कर!

गोविन्दा : सभी आनेवाले हैं!

कमल : और पता है नारायण मूर्ति, नारलीकर, गोवारीकर, सचिन तेंडुलकर भी आनेवाले हैं!

मालिक : (*आँखें पोंछते हुए*) ये आनन्दाश्रु हैं!

गोविन्दा : (*कमल से*) अब रुको। क्योंकि इतना सब बताते बैठेंगे तो शाम होगी। हेलिकॉप्टर का ताँता लगेगा! हमें तैयारी भी करनी है।

मालिक : मुझे तो यकीन ही नहीं हो रहा है। क्या मैं सपनों में हूँ?

चन्दर : सच! पता नहीं चल रहा है यह सपना है या सच! वाह। यह हो रहा है। लेकिन मालिक, आनन्द व्यक्त करने के लिए रोना! यह बात मेरे पल्ले नहीं पड़ती! नाचो, गाओ। छलाँग लगाओ। भले ही नाचना, गाना न आये लेकिन कुछ भी गाओ। चाहे जैसे नाचो! मैं तो इतना खुश हूँ कि समझ में नहीं आ रहा है कि क्या करूँ! हाँ, सुनो...

(मुनि दरवाजे में खड़े)

मालिक : (*आश्चर्य से*) मुनि आप?

कमल : मुझे लगा मन्त्री आप हैं!

गोविन्दा : मुझे लगा आइसक्रीम का कॉन्ट्रॅक्टर हैं!

कमल : मुनि, कितने दिनों के बाद पधारे हैं आप!

चन्दर : प्लीज पैर पटकिए मुनि जी! मामा मुनि!

गोविन्दा : हाँ पटकिए न!

(अनजाने में पटकते हैं। आकाशवाणी होती है।)

मुनि : यह क्या है?

कमल : मेरे चिमाजी का नामकरण समारोह है आज!

मुनि : कौन चिमाजी?

मौसी : आपकी शादी-वादी हुई है न?

मुनि : नहीं!

गोविन्दा : तब आप क्या खाक समझेंगे?

चन्दर : नामकरण किसका होता है? दो अक्षरी शब्द! बिल्ली में नहीं, चूहे में नहीं! अक्ल में है, पर भेजे में नहीं!

मुनि : जान गया! ऐसी पागल पहेलियाँ मत बूझो।

कमल : फिर आपने पूछा ही क्यों?

मुनि : क्योंकि मैं गुस्से में हूँ।

(आकाशवाणी!)

चन्दर : लो तार वाला पोस्टमैन! किसका तार है?

कमल : होगा राष्ट्रपति का!

गोविन्दा : मुझे लगता है प्रधानमन्त्री का होगा!

मुनि : उनका क्या सम्बन्ध?

गोविन्दा : तो फिर किसका होगा? अजी चिमाजी का नामकरण विधि है...

कमल : महाराष्ट्र के सभी मन्त्री-मन्त्रिमंडल आनेवाला है।

गोविन्दा : राज्यपाल भाषण करनेवाले हैं।

कमल : रेडियो और दूरदर्शन से पदक्षेपित होनेवाला है। है न गोविन्दा?

गोविन्दा : सहक्षेपित कहो!

कमल : हाँ हाँ। वही! नेता, अभिनेता, अभिनेत्रियाँ, लेखक, कवि सभी आनेवाले हैं। हमने हेलिकॉप्टर से जाकर आमन्त्रण दिये हैं सबको!

गोविन्दा : हाँ, मैं था न इनके साथ!

मुनि : (*गुस्से से*) बस भी करो पागलपन!

कमल : गोविन्दा!

गोविन्दा : इसमें पागलपन क्या है? हाँ क्या है?

चन्दर : (*जल्दी से आकर*) ये सुनिए तार–भाय 'हार्टी ब्लेसिंग्ज ऑन चिमाजीज़ नामकरण सेरेमनी।'–राष्ट्रपति
'कुमार चिमाजी के प्रति मेरी अनेक शुभकामनाएँ,–उपराष्ट्रपति
'जुग जुग जिओ मेरे लाल चिमाजी,–रेल मन्त्री
'आपके प्यारे बच्चे को मेरे अनेक आशीर्वाद,–अर्थ मन्त्री
'उसे प्रोफेसर मत बनाना,–पु.ल.देशपाण्डे

(मुनि को छोड़कर सभी तालियाँ बजाते हैं। मालिक इशारे से मुनि को तालियाँ बजाने के लिए कहता है। मुनि गुस्से में। जानबूझकर ध्यान नहीं देते।)

गोविन्दा : मुनि जी, आप पु.ल. देशपाण्डे को जानते हैं न?

(मुनि चुप)

कमल : अजी वे गुस्सा हुए हैं। उन्होंने ही कहा न अभी!

गोविन्दा : लेकिन इतने आनन्द के दिन आप गुस्सा क्यों हुए हैं?

कमल : गुस्सा उभरने पर आदमी और क्या करेगा?

गोविन्दा : मुनि गुस्सा थूक डालिए। अब यहाँ रात में बड़ा समारोह है!...

मुनि : सुनो...

कमल : क्या कहना है आपको? बोलिए! (*वे बोलना आरम्भ करने ही वाले हैं इतने में चन्दर से*) चन्दर, बिल्कुल आवाज़ मत करना हं! हं! कहिए मुनि जी!

चन्दर : (*मुनि बोलने ही वाले हैं इतने में*) गोविन्दा, मुँह पर, उँगली! नाक पकड़ो! सायलेन्स।

गोविन्दा : (*पुनः बोलना रोककर*) मालिक, श्यू ऽऽ बाय ऑर्डर ऑफ द डिस्ट्रिक्ट मैजिस्ट्रेट।

मुनि : (*खीजकर*) क्या वाहियात हैं आप लोग!

गोविन्दा : क्या किया हमने?

कमल : बोलिए न! हम सभी सुन रहे हैं!

(सभी सुनने की पोज़ में)

मुनि : (*बड़े प्रयत्न के बाद*) यह सब झूठ है।

चन्दर : क्या झूठ है?

मुनि : यह समारोह...तार...उत्साह...हेलिकॉप्टर...सब कुछ झूठ है।

(सभी आश्चर्य में)

मालिक : और सच क्या है? आपका गुस्सा?

मुनि : मालिक आप भी इस षड्यंत्र में शामिल हो गये? आजतक तो आप होश में थे! अब?

मौसी : कैसा षड्यंत्र?

चन्दर : (*हँसते-हँसते उदास*) शायद मूँछों का...

मुनि : बन्द कीजिए यह अर्थहीन बचपना...

कमल : चन्दर चुप बैठो न! वरना बाल्कनी में जाकर बैठो! कैसा षडयंत्र मुनि जी?

मुनि : काँच के खिलौने के नामकरण विधि का...

गोविन्दा : (*हँसनेवाले चन्दर के मुँह पर हाथ रखकर*) क्या कह रहे हैं आप? हम कुछ समझे नहीं?

मुनि : सब समझ में आयेगा। यह फालतूपन—भ्रम का गुब्बारा आज मुझे फोड़ना ही है। हमेशा के लिए।

गोविन्दा : पहले कहा षड्यंत्र! अब कह रहे हैं गुब्बारा!

गोविन्दा : मुनि, नशा करके आये हैं क्या आप?

मुनि : मैंने नहीं आप सबने नशा किया है। पिछले कुछ दिनों से! उसी नशे में धुत् हैं आप!

कमल : (*डरकर*) मैं?

मुनि : हाँ हाँ! आप तो ज्यादा ही! उस खिलौने पर आप अपने ममत्व, वात्सल्य की वर्षा करती जा रही हैं? आप जिसे लाड़-प्यार कर रही हैं...गोद में लेती हैं—खेलती हैं...वह...

कमल : गोविन्दा, ये क्या कहे जा रहे हैं?

गोविन्दा : क्या पता?

मुनि : आप क्यों स्वीकारेंगे? षड्यंत्र रचकर बैठे जो हैं?

मालिक : कैसा षड्यंत्र? रशियन क्रान्ति? या गन पाउडर प्लॉट का?

मुनि : उससे भी भयावह!

गोविन्दा : मुनि, कभी आप आतंकवादी थे क्या? धड़ाम...धड़...

चन्दर : या फिल्म लाइन में? कट-कट...

मुनि : (*बर्दाश्त नहीं होता*) अरे मूर्खो! बस भी करो! मौके की नज़ाकत भी न समझें इतना पतन हो गया है क्या आपका? मुझे नफरत हो गयी है आपसे। घिन आने लगी है।

मौसी : (*गुस्सा होकर*) हम क्या तिलचट्टे हैं या छिपकली?

मालिक : मुनि, मुझे तो आप से घृणा हो गयी है।

मुनि : यह मेरा सम्मान है! मेरा भाग्य कि मैं आपके इस पागलपन में शामिल नहीं हूँ।

कमल : पागलपन?

मुनि : हाँ हाँ! पागलपन! बाज़ार में से कोई खिलौना घर लाये हो और उसे

बच्चा समझकर लाड़-दुलार कर रहे हो! यह पागलपन नहीं तो और क्या है?

मालिक : कौन लाया?

मुनि : (*कमा की ओर इशारा कर*) ये! और आप सब उसमें शामिल हो गये हैं।

मौसी : यह सरासर झूठ है।

मुनि : हाँ मैं जानकारी के आधार पर ही बोल रहा हूँ। मैं यहाँ नहीं आता था फिर भी यहाँ की खबर रखता था। सारी दुनिया कह रही है। मजाक उड़ाती है। तरस खाती है।

कमल : किस पर?

मुनि : आप पर! और इन सब पर! आप पर ज्यादा!

कमल : क्यों? (*हँसती है।*)

मुनि : जनमने के पहले ही आपका गर्भ गिर गया था! आप कभी भी माँ बननेवाली नहीं हैं अब! डॉक्टर ने ही कहा है। उसके बाद आप इस बेजान खिलौने पर अपनी ममता उँडेलने लगीं...

कमल : गोविन्दा, इन्हें कुछ मालूम नहीं है न?

गोविन्दा : हाँ और क्या! मि. मुनि, आपको हकीकत मालूम नहीं! मैं बताता हूँ! एक दिन हमारा लापता बच्चा इसे मिल गया! इत्तफाक से। कहने लगा मुझे अफसोस हो रहा है। मैं वापस आ रहा हूँ। तब कमल इसे घर लेकर आयी। वही है हमारा चिमाजी।

मुनि : झूठ! एकदम झूठ!

कमल : ऐसा क्यों कह रहे हैं?

मुनि : जनमने के पहले सड़ गया था वह जीव! वह वापस आया? उसने क्षमा माँगी! द्वापर युग के ये सारे चमत्कार रहने दो!

कमल : कैसे समझाएँ इन्हें?

मौसी : धक्के देकर बाहर कर दो।

मालिक : मेरे पास जो सत्य है उसका धमाका करूँ?

मुनि : मेरी जान भी चली जाये मैं भंडाफोड़ करके ही रहूँगा!

मालिक : तो फिर मैं ले के रहूँगा तुम्हारी जान!

कमल : (*उन्हें रोककर*) आज का दिन कितना शुभ है और आप मार-पीट की बात कर रहे हैं! चलिए हटिए! (*वे पीछे हटते हैं।*) मुनि, सच है मेरा चिमाजी मुझे फिर से मिला! उसने मुझे पुकारा! अभी भी उसकी पुकार

मेरे कानों में गूँज रही है! मैं बड़ी दुखी थी। तड़प रही थी! मैंने अपनी कोख में इतने जतन से उसे पाला और मुझे बिना बताये वह ऐसे कैसे चला गया? जिसको लेकर मैंने ज़िन्दगीभर के सपने बुने। वह पलक झपकते, एक दिन में गायब हो गया! कौन ले गया? क्यों ले गया? मेरी क्या गलती थी? पूर्वजन्म के कौन से पाप मेरे सुख को छीन ले गये? इतनी कड़ी सज़ा क्यों? मैं बाँझ क्यों? माँ होने के लायक भी न रही? क्या करूँ इस जनम का? मेरी माँ ने जनमते ही मेरा गला क्यों नहीं घोंटा! मैंने कितनी कोशिशें कीं! उस दिन मैं रास्ते पर थी...जा रही थी कुछ खरीदने...और मैंने किसी की पुकार सुनी! मैं ठिठक गयी। देखने लगी। किसकी पुकार? फिर चलने लगी? पुनः वही आवाज़—दूध में घुली-कोमल आवाज! 'माँ ऽ' फिर, किलकना...मैं रुकी! उस ओर देखा...आँखें तलाशने लगीं...

मुनि : और चिमाजी दिखा। खिलौने की दुकान में...!

कमल : हाँ! मेरा मुन्ना दिखा। खिलौने की दुकान में! गुड्डा-गुड़ियों के बीच...शहद घुली हँसी हँस रहा था...मुझे देखते ही लपक गया! गिर सकता था। मैं दौड़ी। उसे पकड़ा! सीने से लगाया। दूध की नदी... रोना... हँसना... उसे चूमना... मैं उसे घर ले आयी!

मुनि : ढिंढोरा पीटते हुए कि मुझे अपना बच्चा मिल गया! दुकानदार से भी यही कहा था न?

कमल : हाँ। उस भले आदमी की कुछ समझ में नहीं आया! किसी की समझ में कुछ नहीं आ रहा था कि मैं क्या कह रही हूँ, लेकिन मुझे क्या! मुझे अपना बच्चा मिल गया था। मैंने उसके लिए झिंगुले सिए! उसे नहलाती रही! उसके साथ घंटों बातें करती रही।

मुनि : पागलपन है।

कमल : हाँ मैं हूँ ही पागल! माँएँ पागल ही होती हैं! इसीलिए तो बच्चे सयाने हो जाते हैं! मेरा बेटा भी देखना बड़ा होगा—नेहरू की तरह!

गोविन्दा : मेरी इच्छा है कि वह सचिन तेंडुलकर बने! मास्टर ब्लास्टर सचिन तेंडुलकर!

चन्दर : रॉकफेलर होने दे। उसे इंडिया का!

कमल : अब तो यकीन हो गया न आपको?

मुनि : साफ झूठ है! मैं ऐसे हवा महल में भरोसा नहीं रखता। मैं बच्चा नहीं हूँ! आप पागल हो गयी हैं!

मालिक : इसलिए मेरे हाथों से कुछ उल्टा-सीधा होगा!

मुनि : मैं पागलों की धमकियों से नहीं डरता!

मालिक : लेकिन यह पागलपन मामूली नहीं है। और धमकियाँ भी!

कमल : आप सब रंग में भंग करने पर क्यों तुले हैं? मुझे बिल्कुल अच्छा नहीं लग रहा है।

गोविन्दा : मुझे भी।

चन्दर : मेरी तो कुछ समझ में नहीं आ रहा है।

मौसी : मैं समझ रही हूँ।

कमल : मुनि, आप आखिर कहना क्या चाहते हैं?

मुनि : जो कहा वही! मनुष्य की बुद्धि का यह खुल्लमखुल्ला अपमान, बेइज्जती बन्द कर दो?

चन्दर : साले, नामकरण विधि यानी अन्धा, बुद्धिहीन खेल कहते हो?

मुनि : हाँ!

गोविन्दा : इसी खेल में शामिल होने राज्यपाल आने वाले हैं!

चन्दर : प्रधानमन्त्री, राष्ट्रपति के शुभेच्छा तार आये हैं! फिर भी आप इसे खेल कह रहे हैं?

मुनि : झूठे हैं वे तार! सचमुच के हैं तो दिखाते क्यों नहीं मुझे?

चन्दर : (*जेब से निकालते हुए*) लीजिए, देखिए!

मुनि : (*फाड़कर फेंकता है।*) बस के टिकट? बिल? लांड्री की रसीद? कोरे कागज़?

चन्दर : (*उन्हें इकट्ठा कर*) ये सब तार हैं!

मुनि : पागलपन की भी हद हो गयी है। (*कमल-गोविन्दा से*) आज भरी दोपहर में मैंने आपको सड़कों पर घूमते देखा है—पसीने में, धूल में तर-बतर! दर-दर भटक रहे थे आप! दिशाहीन!

कमल : (*आश्चर्य से*) हम?

गोविन्दा : उस वक्त तो हम मन्त्रालय में थे।

कमल : नहीं! हेलिकॉप्टर से पुणे आने निकले थे।

मुनि : लो! पागलपन का क्लाइमैक्स सुनो! धूप तेज़ होते ही पेड़ के साये में रुकते थे आप! लावारिस दीवारों पर चिपके विज्ञापन पढ़ते थे। टाइम पास चला था! सिनेमा हॉल में घुसकर पोस्टर देखने लगे थे। दरबान ने आपको हटाया तब बाहर आये आप।

गोविन्दा : एकदम झूठ! हम हेलिकॉप्टर में थे।

मुनि : हाँ! हेलिकॉप्टर का चक्का टूट गया था क्या? इसीलिए पैर घसीटते चल रही थीं आप?

कमल : ये ऐसा क्या बोल रहे हैं रे?

मुनि : फिर आपने रास्ते के नल पर पानी पिया! दो अमरूद खरीदकर रास्ते के किनारे बेंच पर बैठकर खाने लगे आप! चिलचिलाती धूप में ये आप पर साया करने की कोशिश कर रहे थे!

चन्दर : साला इसने सपना देखा होगा।

मुनि : तभी दो पहलवान गुंडे आकर इनके बारे में कुछ अश्लील बातें करने लगे। इनसे सटने लगे। तब आप वहाँ से निकलकर फिर भटकने लगे। चार थके पैरों का हेलिकॉप्टर, धूल उड़ा रहे थे न आप? थरथराते!

चन्दर : हेलिकॉप्टर के पाँव होते हैं क्या?

मुनि : दिन भर दर-दर भटककर आखिर अब घर लौटे हैं ये! पागल हेलिकॉप्टर! **(कमल हँसने लगती है! लहराती हुई! मौसी अनजाने में उसे पास लेकर थपथपाती है।)**

मालिक : (*गुस्से में।*) अभागे मुनि! तुम पागल बने हो!

मुनि : मैंने दो बार पुकारा। इन्होंने सुना तक नहीं। पहचाना भी नहीं। लगातार चिमाजी की गप्पें! पंतप्रधान और राष्ट्रपति की बातें! यहाँ आया तो यह सजावट! मैं तो रास्तेभर पल-पल इनका यह पागलपन खत्म करने की सोचकर दौड़ रहा था। मन में न समा सकनेवाला हिसाब चुकता करना है मुझे। पर मैंने खुद पर काबू पाया। यहाँ आया। ऊपर से मुझपर ही पागलपन का आरोप? अब तय करना है कौन पागल है! हिम्मत होगी तो लाओ न आपके चिमाजी को मेरे सामने! ऐ मालिक! सुनते हो न?

मालिक : क्यों भला? (*गुर्राता है।*)

मौसी : तुम्हारी बात सुनने के लिए हम तुम्हारे गुलाम नहीं!

मुनि : हाँ ये दोनों गुलाम ही हैं मेरे! कमीशन देना बाकी है!

गोविन्दा : कैसा कमीशन?

चन्दर : कमीशन?

मौसी : और भी चाहिए होगा न कुछ?

कमल : हाँ मैं बताती हूँ! इस जगह का कमीशन! मौसी, इन्होंने जगह दिलाई न! हमने अब तक इनका कमीशन नहीं दिया! गोविन्दा, तुम भी कैसे भूल गये?

मुनि : आश्चर्य है। कम-से-कम इतना तो याद है आपको!

कमल : यानी हम आपको इतने कृतघ्न, बुरे लगे?

गोविन्दा : माँगो कमीशन! कितना? लो और फूटो!

कमल : वे क्यों जाएँगे गोविन्दा? वे अपने घर के हैं! रहेंगे आज यहाँ! अरे इन्होंने घर दिखाया इसलिए तो यह स्वर्ण दिन हमने देखा! वरना सुख का यह पहाड़ हम कैसे चढ़ते भला?

मौसी : और उसमें नमक की डली डालने कैसे मिलती किसी को?

कमल : मौसी मत कहो ऐसी बातें। मेरी कसम है। (*मौसी चुप*) मुनि, आप ध्यान मत दीजिए! मौसी को जानवरों से बात करने की आदत है। आप मेरी भावना को देखिए। आज मेरे चिमाजी का नामकरण रे है! (*मुनि क्रोध में*) आप भोजन कर जाना। मेरे बच्चे को आशीर्वाद दीजिए। कमीशन लेकर सुबह चले जाइए।

मुनि : (*चीखकर*) मेरा कमीशन है चिमाजी!

(सभी सन्न!)

मालिक : क्या?

गोविन्दा : क्या कहा?

चन्दर : साला हँसना भी नहीं आता!

मुनि : प्राण निकले दम तक हँसिए! और दूसरा कुछ आता भी है क्या!

मौसी : कमा, मुझे पाँच मिनट के लिए कसम से आज़ाद करो। मैं इसे दिखाती हूँ कि मुझे क्या-क्या आता है!

चन्दर : हाँ मौसी! उतर आइए मैदान में! मैं हूँ ही!

कमल : चन्दर ऐसी-वैसी बातें मत किया करो! मौसी मेरी कसम है आपको! मेरा मुन्ना सोया है। कैसे जगाऊँ उसे?

मुनि : आपका मुन्ना नहीं मेरी सौतेली माँ है वह!

(सभी आश्चर्य में।)

चन्दर : अर्र र...

मालिक : क्या?

मुनि : हाँ! वह मेरी सौतेली माँ है! (*दीन होकर*) पिताजी उसे यमू कहते थे। मुझ पर बन्धन था कि मैं उसे माँ कहकर पुकारूँ! वह मुझसे ऐसा बर्ताव करती थी कि मेरी सगी माँ हो! सब नाटक! सबके सामने मुझे उसकी पप्पी लेनी पड़ती। उसके गले में झूलना पड़ता था! 'तुम मुझे अच्छी लगती हो'—कहना पड़ता था! पिताजी धमकाकर, मारकर मुझसे

यह सब करवाते थे! मैंने कभी ऐसा नहीं किया तो मुझे भूखा रखा जाता था—बतौर सज़ा! आधी-आधी रात अँगूठा पकड़कर अँधेरे में खड़ा रहना पड़ता था! जान निकलने को होती थी तब। किससे शिकायत करता मैं? मुझे वह बिल्कुल अच्छी नहीं लगती थी। उसीने मेरी माँ को हटा दिया था। मुझे अपनी माँ चाहिए थी। वह लौट नहीं रही थी। और यह नकली, सौतेली माँ! झूठी! उसका जलानेवाला स्पर्श मुझे बदन पर झेलना पड़ता था! बार बार! उसके नकली प्यार के शब्द मेरे कानों में डसते थे! ऐसा कई सालों तक चला तब तक चला—मेरे घर छोड़कर भाग जाने तक!

मालिक : अरे रे!

मुनि : आपका चिमाजी मेरी सौतेली माँ है और यह महिला मैं हूँ! आप सभी यानी 'मैं' हूँ। मैं अपनी सौतेली माँ को खत्म कर देना चाहता हूँ।

चन्दर : (*गोविन्दा से*) ये क्या कह रहे हैं रे?

गोविन्दा : कुछ पल्ले नहीं पड़ा, लेकिन जो कह रहे हैं वह मर्मस्पर्शी, हृदयस्पर्शी है, कमा ये क्या कह रहे हैं?

कमल : मैं भी समझी नहीं, लेकिन जो कहा वह बेहद दुखद है। मौसी आप समझीं?

मौसी : (*अन्तर्मुख*) जीवन ही थ्री रिंग सर्कस है...एक रिंग में सुख...दूसरी में दुख, तीसरी में...

मालिक : जहाँ देखो वहाँ नियति के यही दशावतार...

(मुनि दीन, अन्तर्मुख)

मुनि : (*याद आते ही*) मैं अपनी सौतेली माँ को खत्म कर देना चाहता हूँ!

कमल : (*भारी आवाज़ में*) रुको मुनि! मैं आयी! (*भीतर जाती है। मन पर पत्थर रखकर गठरी—चिमाजी को लपेटकर ले आती है। मुनि के हाथों देते हुए*) लीजिए! (*मुनि जैसे तैसे लेता है।*) ठीक से हाथ आगे कीजिए न! सँभल के। वरना मेरा लाड़ला जाग जाएगा! (*गर्दन घुमाकर काँपती आवाज़ में*) जो चाहे कीजिए उसके साथ, लेकिन प्यार से! उसे लगे नहीं। हम कुछ नहीं कहेंगे! (*चुप खड़ी। सभी गर्दन घुमाकर खड़े! मुनि ज्यादा ही दीन*)

मुनि : (*रुक-रुक कर*) मैं...मैं नहीं कर पाऊँगा! लीजिए...जल्दी लीजिए!..

कमल : (*उनकी ओर पलटकर*) क्यों?

मुनि : क्यों...(*गठरी की ओर देखकर—न देखकर* (*बदमाश जाग जाएगा न!*)

(*रोना रोकते हुए*) रोएगा!...मुझे देखकर घबरा जाएगा... सोने दीजिए इसे! आराम से सोने दीजिए...

मालिक : (*आनन्द से*) मुनि मामा!

मुनि : (*रोते-हँसते*) देखो नींद में भी मुस्कुरा रहा है गुलाम बदमाश कहीं का! क्या देख रहे हो जी? (*चन्दर-गोविन्दा दोनों खुशी से तालियाँ बजाते हैं।*) हाँ, हाँ, आवाज़ मत करना! उठेगा न चिमु! सोना हमारा!

(मालिक–मौसी, कमा, मुनि, गोविन्दा,–चन्दर एक-दूसरे को अपनत्व से, ममता से देखते हैं।)

(कवर का पर्दा गिरता है।)

(आरम्भ में मुनि-1, मुनि-2 जैसे आये थे बातें करते थे–वही दृश्य। मुनि-1 बेचैन। मुनि-2 आनन्द में!)

मुनि-1 : नमस्कार सज्जनो! (*बेचैन*)

मुनि-2 : हाँ मुनि।

मुनि-1 : हाँ, हाँ मैं मुनि...(*वैसा ही खड़ा*)

मुनि-2 : ज़रूरतमन्दों को जगह देना हमारा व्यवसाय है!

मुनि-1 : नहीं, नहीं। मैं जरा चिन्ता में हूँ। विचार...

मुनि-2 : कि ऐसा कैसा हो गया?

मुनि-1 : मैं? मैं तो ठीक हूँ!

मुनि-2 : थोड़ा बेचैन हुआ है।

मुनि-1 : नहीं तो!

मुनि-2 : हाँ, हुआ है!

मुनि-1 : नहीं बोले तो, पहले कभी ऐसा हुआ न था?

मुनि-2 : हाँ जब व्यवहार नाम का फरेब समझता नहीं था तब रोज ऐसा होता था! मासूम मन!

मुनि-1 : (*पोज लेकर*) लेकिन मेरे साथ ऐसा क्यों हुआ?

मुनि-2 : मैं बताता हूँ।

मुनि-1 : (*ध्यान न देते हुए*) क्यों हुआ? (*पोज टेढ़ी-मेढ़ी*) हाँ तो क्या हुआ?

मुनि-2 : अपनी ही पूँछ पकड़नेवाला कुत्ता जोकर लगता है। (*प्रेक्षकों से*) इसे तलाशने दो अपनी पूँछ! मैं बताता हूँ कि ऐसा क्यों हुआ! आसान, समझनेवाली भाषा में कहूँ तो मैं इसकी पूँछ! हवाई बन्दूक से परिन्दे मारने की ललक से इसने पेट की भूख मिटानेवाले बड़े पंछी मारना शुरू किया! और आकाश में खुद ही पंछी बन विहार करने लगा–सपने में!

कौन समझाए इसे कि सपनों का बन्दूक से पंछी की तरह शिकार नहीं किया जाता, उन्हें लक्ष्य नहीं बनाया जाता, बल्कि सपने पलकों के मोर पंख से उठाकर मन के अतल में रखने के लिए होते हैं। यातनाओं की सीपियों में सपनों को झेलना पड़ता है—अचूक! लेकिन घर ढूँढ़नेवाले इस दमड़ी मोल मुनि की खोपड़ी में इतनी गहन और सुन्दर बात कैसे घुसेगी? ये तो पागल हाथ में रखे मोती दाँतों तले चबाने की सोचनेवाला अरसिक मुसाफिर है! मैंने तिकड़म लड़ाकर ऐसा होने नहीं दिया इसलिए पगला बेचैन हुए जा रहा है!

मुनि-1 : (*सीधा तनकर*) जो हुआ वह भूलने योग्य ही है।

मुनि-2 : तो भूल जाओ।

मुनि-1 : (*गर्दन दो-तीन बार हिलाकर*) हाँ अब हल्का लग रहा है। शायद मैं कुछ याद नहीं कर सकता इसलिए मज़े में हूँ।

(मुनि-2 अपनी जगह पर बैठ जाता है और खैनी निकालता है।)

(*प्रेक्षकों से पुराने उत्साह से*) हाँ तो सज्जनो, हम कहाँ तक आये थे? हाँ—मेरे पास एक जगह है—दो कमरे, बाथरूम, नल कॉमन! चार सौ रुपये किराया! दस हजार डिपॉजिट! एक हजार गुडविल। दो हजार पगड़ी....!

(पर्दा गिरता है!)

❑❑